Dazai Osamu

太宰　治

高詹燦●譯

正義與微笑

目錄

推薦序

當太宰用心臟大吼：日記體小說的根本性關懷

張亦絢

日記體小說《正義與微笑》讓我大吃一驚。這部作品很少被討論，某些太宰治的年譜甚至沒提到。可是以我作為太宰治的鑽石粉（意思是比鐵還硬很多倍）的眼光來看，這本小說實在太美、太重要了；這是太宰的心臟啊——這樣搥胸頓足的呼喊，我可以持續很久。然而，除了「萬勿錯過」的這個激烈感想，我還是力求平靜，將原因娓娓道來吧。

研究文學的人應該都有過這樣的感想，覺得作者的某部作品是最「集成式」的，亦即當中含有最多作者的基本元素。有時候，這就是代表作。不過，當若干作品名氣甚大，反而會使應受關注的焦點作品較少為人知。以太宰治來說，沒有讀過《人間失格》、《斜陽》或《津輕》是完全不可想像的；可是，難道錯過《御伽草紙》、《越級申訴》或《女生徒》就可以忍受嗎？而在這個名單上，如今我要再加上《正義與微笑》作為「必讀」清單之一，這自然得好好說出個理由來。

太宰於離世一年前，即藉由丈夫與人殉情的未亡人「阿三」之口道出：「革命是為了讓人生活輕鬆才推動的，我不相信一個滿臉悲壯神情的革命者。」「輕輕地轉換心情才是真正的革命……」（〈阿三〉）——我一直覺得，這是兼具太宰信條與洞見的核心。他始終未忘情革命，而所謂「讓人生活輕鬆」並「輕輕轉換心情」，都不是敷衍馬虎之意。誰有那個能耐？要在有這能耐之前，沒有痛下工夫，根本就不可能。

我原本只是把這段話，作為太宰金句牢記在心。沒想到，他曾賦予這個想法、那麼完整又精闢的作品——〈女生徒〉裡是這樣說的：「誰都不知道我們的苦惱，如果我們現在立刻變成大人的話，我們的苦惱、寂寞說不定就會變得很可笑，一切只能追憶。可是，在成為大人之前，該如何度過這段漫長討厭的時期呢？〔……〕就像出麻疹一樣。可是，也有人因麻疹而死、〔……〕如此放任不管是不對的。」

《正義與微笑》可說就是藉著十六歲男孩芹川進的日記，將「人要如何轉換心情？」與「我不會放任不管」這兩個根本性的關懷，進行全面而深入的「展演」——日記開始，少年進與〈女生徒〉中的少女一樣，都有操心自己「會變壞」的心情。然而，不同於前作只以「少女寂寞的一日」勾勒青春的憂傷、志氣與徬徨，太宰在《正義與微笑》中為少年置入了諸多非典型的成人援助者，有股「鐵了心要幫助少年走過搖晃吊橋」的味道。兩篇小說中，學校是「折騰」，不能提供飢渴盼望得到指引與提升的少男少女足夠的支撐，可說是共通點。然而，太宰在《正義與微笑》中設計了「少年想成為演員」的情節，將少年帶出學校與家庭，準確地刻畫了成長及其豁然開朗。

首先是身為哥哥對芹川進的「信賴」。這是〈越級申訴〉與〈跑吧，美洛斯〉都處理過的主題：人沒有被信賴，就會歪掉。但前述兩部作品都改寫於經典，太宰在《正義與微笑》中則是用非常生活化的口吻，將信賴的層次，以爆笑又深具可信度的方式表現出來。想要辦成一件事，要有開始，怎麼開始呢？找了一個不合拍的劇團，必須放棄，又怎麼進行下一步？

哥哥帶他拜訪人，拿介紹信，然後芹川進落入一個「話少人怪」的「齋藤老師」手中。當芹川進問，有什麼好的劇團？此師竟說，不存在這種東西。芹川進好不容易討到一個劇團名，卻是他覺得無從下手的名團，正在糾纏祕書，突然被大吼——原來「齋藤老師」藏在後面，偷偷注意他——被大吼後，芹川進就像被火燒過般，判若兩人——直到他來到劇團面前，原本看似絕不可能處理好的問答，卻爽朗地對答如流。少年最在乎的誠實、保有自我又不傷人，那些過去他絕對處理不來的問題，再也不是問題了。

哥哥與老師的信賴不同，大吼一事深有學問。河合隼雄說過，在面對青春期的危機時，大人「決一生死」卯上的態度，比什麼道理都要緊得多——不是虛張聲勢，而是發自內心的大吼——像前面提到的「輕輕」，都不能虛有其表，而是某種「得道」後，才能表現自如之物。

此外，「演員」還有它的象徵意義。書名，令少年起心動念寫日記的典故，來自馬太福音，少年將它改成「以微笑行使正義」；在常見的版本裡，說的是「禁食時不要露出禁食的苦樣，反而要有高興樣。」這已顯示了，人應當作為「為義受苦，臉露歡欣」的「演員」——愛（義）是所有演技的原因。在〈越級申訴〉裡，太宰還讓耶穌對猶大講這話，但內容改成，不要讓別人知道你寂寞，因為「每個人都會寂寞的啊」。太宰的「我」，從來不是「一成不變」，而是必須「緊盯」對其「三心兩意」都不眨眼的貴重事物，那是比文學、比任何創造之前的創造，都要「去創造之物」。

要了解太宰對此意念用情之深、用力之巧，就請來讀這本無與倫比美麗的《正義與微笑》。

（本文作者為作家）

縱然雙腿柔無力　山路難登多險道
只需一曲歡樂調　山麓高歌縱聲嘯
終會遇得聞樂者　激起雄心萬丈高

——讚美歌第一百五十九

四月十六日　星期五

風勢強盛。東京的春天焚風強勁，很不舒服。塵埃甚至吹進房內，書桌上滿是觸感粗糙的沙塵，臉頰也沾滿塵埃，感覺真難受。等寫完這篇，就來泡個熱水澡吧。感覺塵埃連我背後都入侵了，真受不了。

我從今天開始寫日記，因為最近覺得自己的每一天都變得很重要。不知道是盧梭還是哪個人曾經說過，人格是在十六到二十歲這段時間養成，或許真是這麼回事。我也已經十六歲了。一到十六歲，我這個人就突然「啪噠」一聲變了個人。其他人應該察覺不出，畢竟這算是一種形而上的變化。事實上，一到十六歲，山、海、花、路人、藍天，看在我眼中完全變得不同；就連那些壞事，我也已略有所悉。這世上其實存在許多困難的問題，關於這件事，我也隱約有些預感。因此，近來我每天都很不開心，變得暴躁易怒。似乎吃了智慧的果實之後，人就會失去笑容。以前我很調皮，刻意做些憨傻的糗事來逗家人發噱，是我的看家本領。但我益發覺得這種裝傻的搞笑實在愚不可及，搞笑是卑微的男孩才會做的事。刻意扮小丑討人疼愛，這份落寞令人難以承受，著實空虛。人就得活得正經一點才行，男人不能老想著要討人疼愛，男人就該努力博得別人的「尊敬」。最近我的神情似乎變得出奇凝重，由於表情太過凝重，昨晚哥哥終於對我提出建言。

「進，你也變得太穩重了吧。感覺突然老了許多呢。」晚餐後，哥哥笑著說。我深思片刻後應道：

「因為有太多艱深的人生問題。我今後要努力和它們奮戰，例如學校的考試制度之類的……」

話才說到一半，哥哥便忍不住噗哧一笑。

「我知道了。不過，你大可不必每天都這麼緊繃，老板起一張臉吧？你好像瘦了呢。待會兒我念馬太福音第六章給你聽吧。」

真是個好哥哥。他四年前進入帝大英文系就讀，至今仍未畢業。雖然一度留級，哥哥卻不以為意。我也認為他不是因為頭腦不好才留級，所以算不上什麼恥辱。哥哥是因為有正義感才留級，一定是這樣。哥哥應該覺得學校很無趣吧，他每晚都熬夜寫小說。

昨晚哥哥念馬太福音第六章十六節以後的篇章給我聽，那是很重要的思想。我為自己此時心智的不成熟而羞愧臉紅，為了避免忘記，我先用大字將那段教義抄寫在這裡吧：

「你們禁食的時候，不可像那假冒偽善之人，臉上帶著愁容。因為他們把臉弄得難看，故意教人看出他們在禁食。我老實告訴你們，他們已得到了賞賜。你禁食的時候，要梳頭洗臉。別教人看出你在禁食，只在暗中教你的父看見。你父在暗中察看，必然會報答你。」

好奇妙的思想。相較之下，我的想法實在單純到不值一哂，是個行事魯莽又愛多管閒事的傢伙。真該深切反省。

「以微笑行使正義！」

我想到了一個好座右銘。要把它寫在紙上，貼在牆上嗎？啊，不行。這樣就成了把「故意教人看出」貼在牆上了。我也許是個極度偽善者，得格外小心才行。而且也有人說，人格是在十六歲到二十歲這段時間養成，現在真的是很重要的時刻。

一是為了幫助我混亂的思想得以統一，二是為了充當我日常生活反省用的資料，三是為了留下懷念的青春紀錄。期待十年、二十年後，我一面撚著長長的鬍鬚，一面偷偷翻閱、面露微笑的那幅畫面，所以就從今天開始寫日記吧。

不過，要是太過嚴肅，變得過於**穩重**，那也不好。

以微笑行使正義！很豪邁的一句話。

這就是我日記開頭第一頁的文字。

我原本打算接下來寫點今天學校發生的事，但已積了厚厚的塵埃，連嘴巴也都是粗糙的沙粒。真難受。先來泡個熱水澡吧。找時間再來慢慢寫——我寫到這裡時，突然覺得「搞什麼，根本沒人理你嘛」，心裡為之一沉。畢竟這是沒人會看的日記，就算裝模作樣地寫下去，也只是徒留落寞罷了。智慧的果實教會我明白憤怒及孤獨。

今天從學校返家的路上，我和木村一起去喝紅豆湯，不，這留著明天再寫吧。木村也是個孤獨的男人。

四月十七日　星期六

風勢已轉弱，但早上天空灰濛濛的，中午還飄起小雨，後來便逐漸放晴，晚上看見月亮露臉。今晚我先回顧昨天寫的日記，覺得有點難為情。寫得真差，我都臉紅了呢。完全沒寫到十六歲青年的苦惱。不光文章行文生硬，連當事人的思想都顯得幼稚，真教人沒轍。此刻我突然想到一件事，為什麼我是從四月十六日這種不乾不脆的日子開始寫日記呢？我自己也不清楚，說來還真不可思議。我從以前就想寫日記，也許是因為前天哥哥對我說了那番發人省思的話，我一時興奮，因而抱定決心「好，就從明天開始寫」。十六歲的十六日這天，馬太福音第六章第十六節。不過，這全都只是偶然的巧合罷了。因為這無聊的巧合而沾沾自喜，未免也太丟人了。試著做些更深入的思考吧。有了！我還明白了一些事。這祕密應該不在於十六日這天，而在於它是星期五。我這個人只要一遇上星期五，就會莫名胡思亂想。我從以前就有這樣的習慣。一個教人很不自在的日子。這天對基督來說，也是個不幸的日子。因此在外國，似乎也被視為不吉利的日子，很不討喜。我並非學外國人迷信，但我就是無法平心靜氣地過完這天。沒錯，我喜歡這個日子。我大概有偏愛不幸的傾向。一定是這樣沒錯。儘管此事感覺無關緊要，卻是我重大的發現。憧憬這種不幸的個性，或許日後將形成我人格主要的一部分。想到這裡，我略感不安。感覺包準沒好事發生，腦中想到的盡是些無聊事。不過這是事實，所以也無可奈何。發現真理未必會帶給人快樂，智慧的果實無比苦澀。

好了，今天得提一下木村了，不過我心裡很排斥。簡單來說，到昨天為止我對木村實在是佩服得五體投地，木村是學校裡出了名的不良少年，他多次留級，今年應該都十九歲了。我之前從來沒跟木村好好聊過，但昨天放學回家時，木村拉我跟他一起去紅豆湯店，我們喝著紅豆湯，第一次對彼此的人生看法展開交流。

沒想到木村是個勤奮好學的人，他正在看尼采。我還沒聽哥哥提過尼采的事，所以一無所悉，羞得滿臉通紅。我跟他提到聖經及德富蘆花，但仍遠不及他。木村的思想也能很務實地在生活中實行，很不簡單。根據木村的說法，尼采的思想與希特勒相通。木村用各種哲學思考為我解說他們的思想為何相通，但我聽得一頭霧水。木村其實很用功。我認為這個朋友很了不起，想和他深交。聽說他明年要報考陸軍士官學校，果然和尼采的思想有關。不過，聽人說陸軍士官學校很難考，也許他會落榜。

「我勸你別去考。」我悄聲對他說，木村狠狠瞪了我一眼。真可怕。我也要好好用功，不想輸給木村。當時我下定決心，打算從頭開始背英語單字一千，認真算代數和幾何。雖然對木村高深的思想感到敬佩，但不知為何，我就是不想看尼采。

今天是星期六。我在學校上公民課時，心不在焉地望著窗戶。原本朵朵盛開、占滿窗外的櫻花，已大多凋零，如今只剩暗紅色的花萼還頑強掛在枝頭。我想了許多事。前天我說過「有太多艱深的人生問題」，還一時脫口說出「例如學校的考試制度之類的……」這種話，被哥哥看穿我的心思。但我最近之所以感到憂鬱，也許根本沒什麼，就只是因為明年要報考一高*1。唉，考試真煩。一個人的價值，單憑這區區一、兩個小時的考試就這麼決定了，實在可怕。這是瀆神的行徑。監考官應該都會下地獄吧。哥哥看得起我，所以總是對我說「沒問題的，你中四去考，包準考上」，但我完全沒自信。不過，我已經厭倦中學生活了，所以明年就算考一高落榜，我也打算直接找一家開朗的大學預科*2。接下來，我得樹立堅定不移的人生目標，朝此邁進，不過這又會面臨其他複雜的問題：我完全不知道該怎麼樹立目標才好。我只會哭喪著臉，不知所措。「要當大人物！」從小學校起，老師們就常這樣教導我們，但再也沒有比這更敷衍隨便的話了。根本不懂在說些什麼。簡直就是在耍人，完全不負責任。我不再是孩子了。關於生活的痛苦，也開始有些領悟。就算是中學老師，他們檯面下的生活似乎也出奇悲慘。夏目漱石

＊1第一高等學校。
＊2日本的舊學制。即教導大學預備教育的機關。

的《少爺》不就描寫得清清楚楚嗎？有人仰賴高利貸維生，有人成天得面對家裡的河東獅吼，有的老師甚至活脫是悲慘的人生輸家，連學識似乎也毫無過人之處。如此無趣的人，卻總是毫無根據地叨絮不休，盡說些無關痛癢的開導訓示，所以我才會對學校深感厭煩。至少也該秉持更具體、更切身的方針來教導我們，這樣的話，不知道對我們會有多大的助益。就算是毫不掩飾地說出老師自己的失敗經驗，我們聽了也會深有所感。但他們卻只是嘮嘮叨叨地一再提及權利和義務的定義，或是大我小我的區別，全是一些再清楚不過的事。今天的公民課尤為無聊。主題是英雄與小人物，金子老師卻一味地褒獎拿破崙和蘇格拉底，痛罵市井小民的悲慘。這樣根本無濟於事，不是人人都能成為拿破崙或米開朗基羅。而且小人物為了生活奮鬥，應該也有其值得尊敬之處，金子老師的話卻完全無視這些概念。這種人才該叫做俗物呢。思想太迂腐了。不過他都已年過五十，也是沒辦法的事。唉，連老師都開始受學生同情時，那就完了。這些人過去真的沒教過我什麼正經事，而我明年卻非得從理科和文科當中做個選擇！事態緊急，而且情況嚴峻。我到現在還是很迷惘，不知該怎麼辦。在學校，我心不在焉地聽著金子老師毫無內容可言的談話，心裡無比懷念去年離開我們的黑田老師。這份懷念令人心焦。那位老師確實有真材實學。首先，他是個聰明人。做事幹練俐落，男子氣概十足，可說是這所中學全體學生尊敬的對象。某次在上英語課時，老師緩緩翻譯出《李爾王》裡的篇章，接著他突然口出驚人之語。他的語氣驟變，所謂咬牙切齒的語調，指的大概就像這樣吧。總之，那是很冷淡的語調。而且是無預警地冒出這番話來，讓大家為之一愣。

「我要就此和你們道別了。時間真是短暫。其實老師與學生之間的關係，可真難訂出個情分來。老師只要一離職，便成了陌路人。你們沒錯，錯在老師。說實在的，老師們全是一些混帳東西，一些分不出是男是女的傢伙。對你們說這些話，我很抱歉，不過，這口氣我實在憋不住。教職員室裡的氣氛，一整個不學無術！自私自利，一點都不愛學生。這兩年來，我一直在教職員室奮鬥，還是行不通。在我被炒魷魚之前，我自己先辭職不幹。這是我的最後一堂課。日後與各位或許已無緣相見，但今後讓我們一起努力吧。學習是很美好的事。似乎有人認為學習代數或幾何，等學校畢業後，便完全派不上用場，那可就錯了。不論是植物、動物、物理，還是化學，都該盡可能多花時間研讀。唯有無法直接在日常生活中派上用場的學習，才會令你們的人格更加完備。沒必要誇耀自己的知識。好好用功，就算日後忘了也無妨。記不記得並不重要，重要的是培養。所謂培養，不是背誦許多公式或單字，而是擁有寬闊的心靈。也就是懂得什麼是愛。學生時代不用功的人，出社會後一定也是個冷酷的自私鬼。學問這種事，就算學會後馬上忘記，那也無妨；就算全部忘個精光，在你用功訓練的底端，仍會留下一把砂金。這就是了，這才真正可貴。得好好用功才行。不能老急著硬將自己的學問直接運用在生活中，要成為真正從容受過培養的人！我想說的話就這些。我已無法再和你們一起在這個教室裡用功。不過，我一輩子都會記得你們的名字，不會忘記。你們偶爾也要想起我哦。雖是很平凡無奇的道別，不過這是男人與男人的道別，就讓我們瀟灑地走吧。最後，祝各位身體健康。」老師臉色略顯蒼白，不帶一絲笑意，向我們深深一鞠躬。

我很想撲上前抱住老師大哭一場。

「敬禮！」班長矢村微帶哭嗓地發號施令，班上六十人全都神情肅穆起立，由衷行了禮。

「這次的考試不用擔心。」老師如此說道，這才莞爾一笑。

「老師，再見！」留級生志田悄聲說了這句話後，全部六十名學生這才齊聲喊道：「老師，再見！」

我很想放聲大哭。

黑田老師現在不知過得怎樣。也許出征去了，畢竟他應該才三十歲左右。

寫著黑田老師的事，果真就此忘了時間，都快深夜十二點了。哥哥在隔壁房間偷偷寫小說，似乎是長篇小說，聽說已寫了兩百多張。哥哥總是晝夜顛倒，每天下午四點左右起床，晚上則必定熬夜。這樣對身體不好吧？像我早睏得眼皮都快合上了。我打算接下來讀一點德富蘆花的《回憶》後再睡。

明天是星期天，可以好好賴床。這是星期天唯一的樂趣。

四月十八日　星期天

天氣時晴時陰。我上午十一點起床。沒什麼特別的事。這也是理所當然，如果因為今天是星期天，就以為會有好事發生，那可就錯了。人生向來平凡。明天又是星期一，從明天起，又得到學校上一個禮拜的課。我這種個性似乎相當吃虧，無法只看眼前的星期天，縱情享受假日。因為躲在星期天背後的星期一，露出不懷好意的表情，令我畏怯。星期一是黑色、星期二是血色、星期三是白色、星期四是茶色、星期五是亮光色、星期六是鼠灰色，星期天則是紅色的危險信號。理應感到落寞。

從中午開始，埋首苦讀英語單字和代數。真是悶熱的一天。我穿著一件毛巾材質的睡衣，不顧一切地用功念書。晚餐後喝的那杯茶，當真甘甜好喝。哥哥也說好喝。我心想，酒會不會也是這個味道？

今晚寫什麼好呢？沒什麼好寫的，就來寫寫家人吧。我家目前一共有七人，分別是媽媽、姊姊、哥哥、我、工讀書生木島哥、女僕梅彌，以及上個月來家裡的護士杉野小姐。爸爸在我八歲那年辭世。他生前小有名氣，畢業於美國某大學，是名基督教徒，似乎是當時的新知識分子。與其說他是個政治人物，不如說是實業家還比較適合。他晚年投身政界，為政友會效力，卻也僅僅為期四、五年之久，之前則一直是身處市井間的實業家。聽說從政後才短短五、六年，大部分財產便都耗費殆盡。我談財產的事，實在很可笑，不過媽媽當時似乎吃了不少苦頭。而我們一家人也在爸爸死後不久，就從位於牛込的大宅院，遷往現在這處位於麴町的屋子。媽媽就這樣生病了，至今仍臥病在床。不過，我一點都不怨恨爸爸。爸爸都管我叫「小子」。我對爸爸的記憶不多。只清楚記得，他每天早上都用牛奶洗臉，感覺頗懂得附庸風雅。從裝飾在客廳的照片也看得出來，他長得五官端正，氣韻不凡。大家都說姊姊長得最像爸爸。姊姊的遭遇令人同情。她今年二十六歲，即將在本月二十八日出嫁。長期以來，她忙於照顧臥病的媽媽，並看顧我們幾個弟弟，以致耽誤了婚事。媽媽自從爸爸死後，便長臥病榻。她罹患結核性脊椎炎，臥病近十年之久。媽媽明明是病人，一張嘴卻能言善道，又很任性，儘管雇用了護士，也很快就把對方趕跑，只有姊姊才有辦法照料她。但今年過年時，哥哥很不客氣地說了媽媽一頓，這才讓媽媽同意姊姊嫁人。哥哥生氣時著實可怕。由於姊姊婚期已近，上個月護士杉野小姐來家裡，開始在姊姊教導下照顧媽媽的起居。媽媽儘管嘴裡叨念，似乎也已看開，接受了杉野小姐的照顧。似乎連媽媽也拗不過哥哥。媽！就算姊姊出嫁，妳也不要氣餒，請為哥哥和我打起精神來。姊姊已經二十六歲了，實在很可憐。啊，糟糕。我竟然講出這麼老成的話來。不過，結婚是人生大事，尤其對女性來說，結婚或許可說是唯一的大事。那就別害羞，試著認真思考這個問題吧。

姊姊是值得尊敬的犧牲者。她的青春因為家事和照顧媽媽而葬送，這麼說一點也不為過。不過，長時間的刻苦耐勞，對姊姊來說，絕非毫無意義。姊姊肯定很懂事理，遠非我們所及。刻苦耐勞會磨練一個人的理性。最近姊姊的雙眸變得格外清澄漂亮。而儘管婚期已近，她也不會矯揉做作地歡欣雀躍，或得意忘形，真的很不了起。抱持平靜的心情走入婚姻生活。她的對象鈴岡先生，是一位年近四十的董事。聽說還是柔道四段。他的缺點是鼻子又圓又紅，但似乎是個親切的好人。我對他說不上喜歡，卻也不討厭。反正是外人。不過哥哥說過，有這麼一位姊夫在，感覺壯膽不少。或許真是如此。但我並不想受姊夫關照，我只祈求姊姊過得幸福。姊姊離開後，家中不知道會變得多冷清，也許就像火熄了一樣。但我們要忍耐，只要姊姊過得幸福就好。姊姊會是個賢內助。身為她的至親，這一點我可以很斬釘截鐵地拍胸脯保證。說到誰將是最好的新娘，我大力推薦她。我們確實給姊姊添了太多麻煩。這些年要是沒有姊姊在，不知道我們現在會變得怎樣。也許我已經成了不良少年。姊姊看出弟弟們的個性，以溫情加以照護。姊姊、哥哥，還有我，我們三人之間存有高度的精神情誼，是神聖的同盟。而姊姊在理性上比我們還要傑出，總是很自然地引領著我們。我深信姊姊在婚姻生活上，一定能孕育出她專屬的平靜幸福。即使遭遇黑暗的災難襲擊，也懷有崇高的力量，絕不會讓夫婦間的幸福受到任何損傷。姊！恭喜妳。妳今後會幸福的。我這麼說，或許有干涉過多之嫌，不過姊姊，妳應該還不懂夫妻之間的情愛吧（話雖如此，我自己也完全不懂，甚至連想像都想像不出。或許出奇的無趣也說不定）？不過，如果這世上真有夫妻間的情愛，那麼，姊姊應該會以最好的方式加以實現吧。姊！請不要毀了我這美好的幻想。

再見了，加油！一切平平安安！如果這是永別，那妳一定要永遠平安地過日子。

以上內容，是我抱持著對姊姊說悄悄話的心情而寫下，而姊姊或許永遠都不會發現我暗中向她道別的這番話，因為這是我個人的私密日記。不過，姊姊要是看了，應該會笑我吧。

我沒勇氣當著姊姊的面這樣開口道別，說來還真是窩囊可悲。

明天是星期一。Black Day。我要睡了。神啊，請不要遺忘我。

四月十九日　星期一

晴時多雲。真是個不開心的一天。我想退出足球社。就算不退社，我也已經對運動很反感了。以後和他們往來，只想隨便敷衍一下就好。他們實在都太隨便，這也是沒辦法的事。今天我揍了隊長梶一拳。梶是個卑劣的傢伙。

今天放學後，全體社員在球場上集合，展開這學年的第一次練習。與去年的球隊相比，今年的球隊不論在氣勢還是在技術上，都大不如前。這麼一來，這學期能否和其他球隊比賽都還是個問題。不過，就是因為隊員一個都沒少，才會完全展現不出團隊精神。問題出在隊長身上。梶沒有當隊長的資格。他今年理應畢業，但他留級了，所以仗著年長擔任起隊長。要統率整個球隊，需要的不是過人的踢球技巧，而是人品。梶的人品低劣。在練習時，總是滿口黃腔，不正經地嬉鬧。不光梶如此，每個成員都這般嬉鬧，無比散漫。我甚至想一個一個揪住他們的衣襟，把他們的頭按進水裡。練習結束後，大夥依照慣例，到附近的桃湯澡堂洗澡。在更衣處，梶突然口出下流之語，而且是針對我的身體而來。那些話我實在不想寫。我就這樣光著身子站在梶面前。

「你是運動員嗎？」我問。

有人在一旁勸阻「別這樣」。

梶將脫到一半的襯衫重新穿上。

「喂，你想打架是嗎。」他朝我努出下巴，咧嘴而笑，露出一口白牙。

於是我朝他的臉揮了一拳。

「如果你是個運動員，就該覺得羞恥！」我狠狠罵他一句。

梶朝地板用力一蹬，大喊一聲「可惡！」就此放聲大哭。

我很意外，沒想到他這麼窩囊。我快步走向沖澡處沖洗身體。光溜溜地和人打架，不是什麼值得誇耀的事。我已經受夠運動員了。有句諺語說，健全的精神寄宿在健全的肉體上。不過，聽說其實在希臘原文中，這句話的含意帶有「如果健全的精神能寄宿在健全的肉體上就好了」的一種願望和嘆息。哥哥以前曾對我說，健全的精神如果能棲宿在健全的肉體上，那是多美好的事啊，可是現實往往不盡如人意，似乎才是這句話真正的含意。梶也擁有一副偉岸的體格，實在很可惜。如果光明的精神能棲宿在他健全的體格上就好了，這句話正適合套用在他身上。

夜裡，我聽海倫凱勒女士的廣播，真想讓梶也聽聽。她又聾又盲，擁有如此絕望的不健全肉體，但她憑藉努力，讓自己能開口言語，聽得懂祕書說的話，還寫作出書，最後甚至取得博士頭銜。我們對這位女士投以無限尊敬之情，應該是真的出自肺腑吧。我聽廣播時，不時從中傳來如潮掌聲，觀眾的感動直接撼動我心靈，我眼中噙滿淚水。凱勒女士的作品我也稍有涉獵，以宗教性詩文居多。或許是信仰賜予凱勒女士重生，我深切感受到信仰力量的強大。所謂宗教，是相信奇蹟的一種力量。理性主義者無法明白宗教。宗教是相信不合理的一種力量，正因為不合理，所以是「信仰」的特殊力量……啊，不行，愈說愈糊塗了。找個時間再問哥哥一遍吧。

明天是星期二。真討厭。有句話說，男人只要走出門外，到處都有敵人埋伏，說得一點都沒錯，一點都大意不得。要前往學校，就像要闖進上百名敵人陣列當中一樣。不想輸人，為了獲勝，就要全力以赴，真受不了。莫非這是勝利者的悲哀？怎麼可能。梶，明天我們面帶微笑，握手言和吧。就像你在澡堂裡說的，我身體的膚色太白了。我很討厭這件事。不過，我可沒在奇怪的地方抹白粉哦，你少瞧不起人。今晚讀個聖經後再睡吧。

你們放心，是我，別怕！

四月二十日 星期二

雖說是晴天，卻稱不上萬里晴空，只能算是晴時多雲。今天我馬上和梶和解。我可不想一直處在這種不安的心情，所以我前往梶的班級，很乾脆地向他道歉。梶好像很高興。

吾友以笑掩飾落寞，

我也以笑回以落寞。

不過，我還是和以前一樣鄙視梶。這是沒辦法的事。梶以若有所思、對我充滿信賴的低沉嗓音說道：

「我之前就曾經找你商量，這次加入足球社的一年級新生共有十五人，但沒一個像樣的。沒用的傢伙就算招再多，社團素質還是一樣只會下滑，無法提升，連我都提不起勁了。你也幫我想想辦法吧。」

聽在我耳裡實在覺得很滑稽。梶這是在替自己辯解，想把自己的沒用怪罪到新生頭上。這傢伙愈來愈卑劣了。

「人多又有什麼關係呢。你就拿出幹勁，好好讓他們練習，不行的傢伙會累倒，能成材的自然會留下。」我說完後，他大聲應道「這怎麼行」，露出空虛的傻笑。我不懂這樣為什麼不行。不管怎樣，我對足球社已不再有以前的熱情。你想怎樣就怎樣吧。大概會造就出一支軟趴趴的蒟蒻球隊吧。

放學返家路上，我順道繞了一趟目黑電影院，看了《英烈傳》（The Charge of the Light Brigade）這部電影。無聊至極，真是一部爛電影，浪費了我三十錢，外加時間。不良少年木村一直熱心鼓吹這是一部精采的傑作，非看不可，讓我滿懷期待地前往欣賞，結果這是哪門子電影？要是加上口琴伴奏，肯定很搭調。一部飄散著廉價髮油氣味的電影，到底是哪裡令木村如此讚譽有加呢？完全搞不懂。那傢伙該不會還很孩子氣吧？應該是看到馬匹奔馳，就感到開心興奮的那種人吧。他說的尼采，感覺愈來愈不可靠了。或許他指的是尼采口香糖也說不定。

今晚姊姊因為鈴岡先生打來的電話前往銀座。這即是所謂的婚前交往，兩人一本正經地走在銀座街頭，可能會在資生堂*點霜淇淋和蘇打來吃，看完《英烈傳》後還會大為讚嘆也說不定。婚期明明就快到了，他們可真悠哉。勸他們還是別這樣比較好，媽媽前不久才剛鬧過脾氣，聽說她嫌鋁盆裡裝的擦洗身體用的熱水太燙，把鋁盆打翻，護士杉野小姐還為此落淚。梅彌來回奔忙，當真是雞飛狗跳。哥哥裝不知道，繼續看他的書。我擔心不已，要是姊姊在的話，就能順利擺平此事。杉野小姐在樓梯下啜泣良久，工讀生木島哥以哲學家似的穩重口吻在一旁柔聲勸慰，模樣滑稽。木島哥聽說是媽媽的一名遠親。五、六年前，他從鄉下的高等小學畢業後，便住進我家。

*一九〇二年，東京銀座的資生堂藥局開始製造和販售蘇打水及霜淇淋。

一度為了接受徵兵檢查而返回鄉下，但過沒多久又回到我家。他近視很深，所以是兩等體位。雖然臉上長滿面皰，但相貌不差。他的理想似乎是成為一名政治人物，但他一點都不用功，所以大概沒希望了。聽說他在外頭會稱呼我爸爸「伯父」，是個沒壞心眼、個性爽朗的人。不過，也就這麼點能耐。也許他打算一輩子都待在我家。

姊姊剛剛才回家。十點零八分。

我接下來還有三十題左右的代數要寫。好累，真想哭。有個叫羅伯特的人說過：「有一名礙事者，時時在我身邊糾纏，其名為正直。」芹川進也說過：「有一名礙事者，時時在我身邊糾纏，其名為考試。」

真想到沒有考試的學校就讀。

四月二十一日 星期三

陰。晚上有雨。無邊的陰鬱，連寫日記都覺得煩。數學課時，狸貓穿著骯髒的橡膠長靴走進教室說道：「班上四年級要應考的有幾個人？舉個手。」我為之一驚，不自主舉起手，結果只有我一人。連班長矢村都小心提防，沒舉手。我低著頭，顯得很扭捏。真是卑鄙的傢伙。狸貓說了一句「哦，芹川要考是吧」，嘴角輕揚。我覺得很難為情，瞬間世界變得一片漆黑。

「你要考哪所學校？」狸貓擺明是瞧不起人的口吻。

「還沒決定。」我應道。畢竟還是沒勇氣說我要考一高，真是可悲。

狸貓抬手遮掩自己的鬍鬚，暗自竊笑。真惹人厭。

「不過各位同學……」狸貓轉為嚴肅的神情，環視班上的學生說道：「如果是四年級要應考，那就不該抱持著考好玩的心態，只想著考考看，而是得抱定非考上不可的決心，前往應考才行。如果是以搖擺不定的心態應考，結果名落孫山，落榜將成為習慣，等到升上五年級後前去應考，一樣考不上，這種情形很常見。希望你們審慎思考後再決定。」他這種說話方式，完全抹殺我的存在。

真想宰了狸貓。這所學校有個這麼沒禮貌的老師在，乾脆來場火災燒個精光算了。無論如何，從四年級開始，我一定要去其他學校，誰要在這裡待到五年級啊。我的身體會澈底腐敗。比起語學，我的數學成績不太理想，但正因為這樣，我每天晚上都很認真用功。啊，真想考上一高，讓狸貓對我刮目相看，但我或許辦不到。連念書都覺得反感了。

放學回家的路上，順道繞了一趟武藏野館，看了《罪與罰》。電影中的配樂絕佳。我閉上眼，光是聽音樂，眼角便滲出淚來。真想墮落一番。

回家後，我完全沒看書。我作了一首長詩，詩的大意是，我此刻爬行在黑暗的地底，但我尚未絕望。從未知的某處射入一道朦朧的光芒，但那道光是什麼，我不知道。我雖然以手掌承接那道亮光，但我無法理解那道光的含意，只是感到心焦。不可思議的光芒。就是這樣的一首詩，我想哪天也給哥哥看一下。真羨慕哥哥，因為他有才能。根據哥哥的說法，才能這種東西，會在人們對某件事擁有異常的興趣、全神沉浸其中時出現，我也覺得是這麼回事。不過像我這樣每天憎恨、生氣、流淚，過度投入其中，卻只是搞得一團亂，想必不會促成才能出現的契機。也許這反而證明了我是個沒能力的人。唉，有沒有人可以清楚明確地為我做出定論呢？我到底是愚笨、聰慧，還是個騙子呢？是天使、惡魔，還是個俗人？能當殉教者、學者，還是大藝術家呢？自殺是嗎？我真的有尋死的念頭。我從來不曾像今晚這樣，深切感受到自己沒有爸爸這件事。雖然這件事向來都被我拋諸腦後，說來還真不可思議。「父親」感覺很巨大，而且溫暖。基督徒在悲痛欲絕時，會大聲呼喊「Abba Father＊」，我隱約明白了他們的心情。

＊Abba源自阿蘭語，意為父親。

比母愛更熱切
比大地更深邃
聳立於人們的思緒之上
比天空更寬闊

——讚美歌第五十二

四月二十二日 星期四

陰。沒什麼特別事，所以不寫。今天上學遲到。

四月二十三日 星期五

雨。晚上木村帶吉他到家裡玩。我要他彈給我聽，真是糟透了。我聽了半晌都沒說話，木村見狀，說了一句「真沒禮貌」，就此離去。在下雨的日子專程抱著吉他前來的傢伙，十足的傻瓜。我累了，很早上床。九點半就寢。

四月二十四日　星期六

晴。從早上開始，我蹺了一整天課沒去上學。這麼好的天氣還去上學，未免太可惜了。我跑到上野公園，坐在公園的長椅上吃便當，下午一直待在圖書館。正岡子規全集的第一卷到第四卷，我全部借出，隨手翻閱。天黑後返家。

四月二十七日　星期二

雨。焦躁難耐，難以入眠。深夜一點，微微傳來工人夜間施工聲響，在雨中默默無言工作，只有鏟子和沙石的聲響規律傳來，沒聽見半點吆喝聲。

明天就是姊姊的婚禮了。今晚也是姊姊最後一次在家中過夜。不知道她是怎樣的心情。別人的事怎樣都和我無關。結束。

四月二十八日　星期三

晴朗無雲。一早我朝姊姊跪坐，恭敬地行了一禮後，迅速出門上學。我行完禮後，姊姊喊了一聲「小進！」然後哭了起來。媽媽似乎也在房間裡叫喊「進、進」，我聽了之後，鞋帶也沒綁，趕緊奪門而出。

五月一日　星期六

晴時多雲。日記寫得很隨便。也沒什麼原因，就只是不想寫。現在是因為突然想寫才動筆。今天哥哥買了把吉他給我。吃完晚餐後，我和哥哥到銀座散步，途中我往樂器行的櫥窗內窺望，不經意說了一句：

「木村也有和那把一樣的吉他哦。」

哥哥聞言後問：「你想要嗎？」

「真的可以嗎？」我又愛又怕，轉頭打量哥哥的神情，結果哥哥不發一語走進店內，就此買下。

哥哥的寂寞勝過我十倍。

五月二日　星期天

雨過天晴。明明是星期天，我難得八點就起床了。起床後馬上拿布擦拭吉他。堂哥小慶要到家裡玩。自從他去讀商業大學之後，還是第一次來家裡做客。那身新作的西服，嶄新而耀眼。

「身分不同了呢。」我出言恭維後，他嘿嘿笑了幾聲。真不檢點。就算進了商業大學，但有可能因為這樣就身分不同嗎？他穿著一件紅色條紋的襯衫，顯得裝模作樣。難道他還沒讀過「身體不勝於衣裳嗎*」？

他說「德語很難呢」。嘿嘿，真是這樣嗎？當上大學生後，果然變得不一樣。我漸感煩躁，一味彈著吉他。他邀我一起去銀座，但我拒絕了。

我現在完全沒用功念書，什麼都沒做。Doing nothing is doing ill. 無所事事，必幹壞事。也許我這是在嫉妒小慶，真是低俗。要好好反省。

五月四日　星期二

晴。學校大廳舉辦了足球社的新進社員迎新會，我只露一下臉就回來了。最近我的生活連悲劇都沒有。

五月七日　星期五

陰。夜裡有雨，溫熱的雨。我深夜撐著傘，悄悄外出吃壽司。和一名喝

*出自馬太福音第六章第二十五節，意思是身體勝於衣裳。

得爛醉的女傭，以及一名沒醉的女傭，一同大啖壽司。喝醉的女傭對我說了失禮的話。但我沒生氣，只是苦笑以對。

五月十二日　星期三

晴。數學課時，狸貓出了一道應用題，給我們二十分鐘解題。

「有人會嗎？」

沒人舉手。我覺得自己似乎會解，但我不想像三個禮拜前的星期三那樣再次丟臉，所以假裝不會。

「什麼嘛，沒人會嗎？」狸貓嘲笑眾人。「芹川，你解解看。」

為什麼指名我來解？我吃了一驚，站起身走向黑板解題。只要兩邊都平方的話，就可以輕鬆解開。答案是0。我寫下「答案為0」。但我心想，要是我算錯了，又會像上次一樣遭到羞辱，於是我改寫成「答案應該是0」。

狸貓看了，哈哈大笑。

「芹川，我真是服了你。」他搖著頭說道，就算我已回到了座位，他仍盯著我的臉上下打量，毫不顧忌地說道：「在教職員室裡，大家也都說你很可愛呢。」這句話惹來全班鬨堂大笑。

感覺真不舒服，比上星期三更教人生氣。我深感難為情，不敢和班上的人目光交會。狸貓這個人的粗神經，以及教職員室裡的氣氛，是那麼的沒禮貌和粗俗，教人難以忍受。我從學校返家路上，已決定要退學。我想離家出走，當一名電影演員，獨力生活。哥哥之前說過「進，你似乎有當演員的天分呢」，此時我清楚憶起他說過的話。

到了晚餐卻是以下這樣的情形，沒什麼特別的事發生。

「我討厭學校，實在待不下去了。我想自力謀生。」

「學校原本就是個討人厭的地方。不過縱使再討厭，還是天天去上學，這點就是學生生活的可貴之處，不是嗎？這話聽來矛盾，但學校的存在，就是用來讓人憎恨。我也很討厭學校，卻從沒想過念到中學就不念了。」

「說得也是。」

我的想法還真是經不起考驗。唉，人生真單調！

五月十七日　星期一

晴。我又開始踢球了。今天與二中比賽，我前半場得兩分，後半場得一分，最後比數三比三。比完賽回家的路上，我和學長在目黑暢飲啤酒。益發覺得自己像個蠢材。

五月三十日　星期天

晴。明明是星期天，心情卻很沉悶。春天逐漸遠去。早上木村打電話來，問我要不要一起去橫濱。我拒絕他的邀約。下午我前往神田，將考試參考書全部買齊。在暑假前，我要做完代數研究（上、下），然後趁暑假做平面幾何的總複習。晚上我整理了書架。

心情暗澹、陰鬱。我要向山舉目；我的幫助從何而來？*

*出自聖經詩篇第一百二十一篇。

六月三日 星期四

晴。其實從今天起，要展開為期六天的四年級生校外教學旅行，大家在旅館裡一起睡大通鋪，排著長長的隊伍參觀名勝。我討厭這樣，所以決定不參加。

我打算這六天全部拿來讀小說。今天我開始讀夏目漱石的《明暗》。好黑暗的一部小說，它的黑暗，只有在東京土生土長的人才明白，那是深陷其中無法脫身的地獄。班上那些人現在應該都在夜間列車上呼呼大睡吧。真是天真無邪。

勇者在獨行時最為強大。——（是席勒*說的吧？）

六月十三日　星期天

陰。足球社學長大澤和松村大搖大擺來找我。要接待他們實在是蠢事一樁，令人難受。「足球社的暑假集訓好像會取消，這可是件大事呢」，他們如此說道，神情激動。我原本就不打算參加今年暑假的集訓，所以對我來說反而是好消息，但是對大澤、松村兩位學長而言，卻就此少了一項樂趣，他們為此忿忿不平。聽說是隊長梶在會計上出了紕漏，因而無法跟校方取得集訓費。松村氣沖沖說，非得撤除梶的隊長職務不可。總之，他們全是笨蛋。我只想早點回家。

晚上我幫媽媽揉腳，好久沒這麼做了。

*Egon Schiele，一八九〇～一九一八，二十世紀初期奧地利表現主義畫家，筆下人物多顯頹靡，擁有扭曲肢體、病態膚色且瞪著焦慮的大眼，作品擁有強烈的情感，令人坐立不安。

「你們凡事要多忍耐……」

「是。」

「兄弟間要和睦相處……」

「是。」

媽媽每次說沒幾句話，就會提到「忍耐」，以及「兄弟間要和睦相處」。

七月十四日　星期三

晴。從七月十日起展開第一學期的期末考。明天再考一天就結束了，考完後一個禮拜便會公布成績，接下來就是暑假，真開心。果然還是很開心，很自然地發出「啊～」的一聲叫喊，成績好壞不重要。這學期我在思想上陷入迷惘，成績或許也會一落千丈。不過，唯獨國語、漢文、英語、數學這四科，我自認應該考得不錯，不過還沒看到成績公布，話也不敢說得太篤定。啊～已經要放暑假了，一想到這點，就忍不住嘴角上揚。明明隔天還要考試，但我已忍不住想寫日記了。最近常偷懶沒寫日記，因為生活中少了一份幹勁。可能是覺得自己太空洞、沒有內容可寫吧。不，應該是因為我深感絕望吧。我變得很狡猾，不想隨便讓人知道我的心思。我不太想讓人知道，現在自己抱持什麼想法。我只能說一句「我未來的目標已在不知不覺中確立」，再來我就不說了。明天還要考試，要用功、用功。

一月四日 星期三

晴。元旦、二日、三日、四日，我天天都在玩樂。不分晝夜，盡是玩樂。雖然在玩樂，但並非忘卻一切，盡情玩樂。心裡雖想著「唉，玩膩了，真沒意思」，還是不自覺被拉著一起玩。可是玩了之後，備感落寞。那是極度落寞。我深切地想用功。感覺這一個月來，我完全沒進步，內心無比焦急。今年我想穩定下來，認真用功。去年我每天都像坐著一輛嘎吱作響、快散了的汽車，一顆心始終靜不下來；但今年我感覺會冒出歡樂的希望，彷彿就在前方不遠處，只要伸手往前探，就能握住某個溫暖的美好事物。

十七歲，一個有點可恨的年紀。感覺自己終於認真嚴肅一點了，又好像突然變為平凡人。也許我真的已經變成大人了。

入學考就在今年三月，所以我非緊張不可。我還是打算報考一高，而且非文科不念！去年狸貓三番兩次給我難堪後，我便已對理科澈底死心。哥哥也贊成我的決心，他笑著說：「因為我們芹川家的人沒有科學家的血脈。」不過，我雖然選擇走文科，但是否有哥哥那樣的文科才能，還是個問號。首先，我沒自信能考上一高的英文科。哥哥總是一派輕鬆，說我沒問題的，但哥哥似乎是因為自己輕鬆考上，所以認為別人也能輕鬆上榜。他不認同人與人之間存有能力差距，滿心以為每個人都擁有和他一樣的能力。因此有時候哥哥會若無其事地吩咐我做一些很難辦到的事，在無意識間說出殘酷的事來，也許他就是個富家少爺。我總覺得一高超出我的能耐，我大概會落榜吧。要是落榜，我打算進私立的R大學就讀。我可不想留在中學裡念五年級，與其再多讓狸貓等人嘲笑一年，我寧可死。R大學是一所基督教學校，能深入研究聖經，應該很有意思。我覺得那應是一所充滿光明的學校。

正月一日、二日兩天，我們玩起比手畫腳的遊戲，起初覺得很有趣，到了第二天就變得索然無味，於是在鎌倉的小圭提議下，他加上我哥、新宿的小豆、我，我們四人展開《父歸》的朗讀。果然這對我來說特別拿手；哥哥扮演的「父親」太嚴肅，不太合適。一月三日，我們四人決定上高尾山來一場冬日健行。寒風砭骨，冷得教人吃不消。我累得筋疲力竭，在回程的電車上，倚著哥哥的肩膀沉沉睡去。小圭、小豆兩人昨天也在我家留宿。

今天他們兩人回去後，換木村和佐伯來家裡玩。我原本已下定決心，不再和這些無聊的中學生一起玩，最後卻還是失守了。我們玩撲克牌、「Two-ten-jack」*。木村玩牌的手法很卑鄙，令人傻眼。木村去年歲末時，從家中拿了兩百日圓，到橫濱、熱海四處遊玩，把身上的錢全花光後，才來我家。我馬上打電話向木村家通知此事，聽說木村家的人已報警尋人。他的家人現在已完全把我當大恩人看待。木村的家庭似乎也不太正常，不過木村本身是個笨蛋，他就只是普通的不良少年。尼采知道也會哭泣啊。佐伯同樣也是笨蛋，最近我愈來愈討厭他了。他是大資本家的少爺，身高將近一米八，身形清瘦。由於他身子骨弱，只念到中學。起初他屢屢向我談及外國文學，所以我也像先前聽木村談尼采一樣興奮不已，還對他大為感佩，認為佐伯是我唯一的好友，也主動去他家玩。但我覺得他實在柔弱得不像樣。他在家時，穿著像是五、六歲孩童穿的大件碎花和服，而且竟然還把吃飯說成「吃飯飯」，我看了毛骨悚然。而與他交往愈久，愈覺得話不投機，甚至分不清

*日本的一種撲克牌玩法，以牌號2、10、J為最高分。

他究竟是男是女。他老愛伸舌舐脣，一副就要流下口水般的神情。之前他還一本正經地對我說：「我因為身體不好，無法上大學，希望能在家中靜靜地和你交流，一起鑽研文學。」但我可不想。我對他說：「你還是再考慮考慮吧。」

我陪伴木村和佐伯遊玩，就此日暮。我們一起吃麻糬。他們兩人回去後，接著換「一小口」女士前來。真教人沮喪。這位女士是我爸爸的妹妹，算是我們的姑姑。她芳齡已有四十五、六，頗有年紀，至今未婚。她是位花道師傅，還擔任婦女會的幹事。哥哥說，一小口女士是我們芹川一家的恥辱。她不是什麼壞人，不過就是愛一小口。「一小口」這稱呼，是哥哥去年發明的。姊姊辦婚宴時，這位姑姑和哥哥並肩而坐。其他紳士向姑姑敬酒。她扭著身軀說道：

「嗯……我不會喝酒呢。」

「不過才一杯嘛。」

「呵呵呵，那麼，我就喝一小口吧！」

真噁心！哥哥說他聽了覺得丟臉，很想憤然離席，就此返家。誠所謂一葉知秋，她這個人裝模作樣、俗不可耐，而今晚她看到我之後又說道：

「哎呀！小進，你鼻子下都長出黑毛了呢！要振作一點哦。」

真是愚蠢、下流、粗魯、胡來，當真是我們一家的恥辱，我才不要和她同座呢。我暗中與哥哥點了點頭，一同外出。銀座滿是熙來攘往的人潮，大家都和我們一樣，因為待在家裡鬱悶，才來到銀座遛達嗎？想到這裡，頓時覺得可怕。哥哥在資生堂喝著咖啡低語「看來，芹川家的人身上流著淫蕩的血」，我聽了大吃一驚。在返家的公車上，我們討論起「誠實」這件事。哥哥最近似乎也相當萎靡。由於姊姊已經離家，他還得處理家事，而他寫小說的進度似乎也遭遇瓶頸。

回家後已是十一點，一小口女士已經離去。

從明天起，我要抱持豪邁的精神和全新的希望前進。因為我已經十七歲了。我向上帝立誓，明天我要六點起床，我一定要好好用功。

一月五日　星期四

陰。風強。今天什麼也沒做。強風的日子實在糟糕，起床時已是下午一點，覺得自己變得比去年還要懶散。起床後，正不知道做什麼好，家住下谷的姊姊打電話來，對我說「歡迎到我家來玩」，但我一時不知該如何回應。基於我那優柔寡斷的個性，我回了她一句「嗯」。其實我很討厭鈴岡家，感覺很俗氣。而姊姊也變了。婚後不久，她回家裡作客，改變很大，變得粗糙乾癟，十足的黃臉婆樣，原本的豐潤樣貌已不復見，著實驚人。她出嫁至今，才十天不到的光景，手背已變得髒兮兮。另外，她變得很精明，甚至很重視怎樣對自己有利。儘管姊姊極力想掩飾，我還是看得一清二楚。現在她已完全變成鈴岡家的人了，似乎連長相都和鈴岡愈來愈像。說到長相，每次我想到俊雄，就連話都說不好。俊雄是鈴岡的親弟弟，去年他從鄉下的中學畢業後，便和姊姊他們同住，到慶應大學的文科就讀。我這樣說對俊雄有點過意不去，但還是不得不說，我從未見過像俊雄這樣的醜男。真的醜到了極點。我也不是什麼俊男，而且我也不想談論別人的美醜，不過俊雄的長相真的很糟，才會使得我連話都說不好。這不是鼻子挺還是扁、嘴巴大或小的問題，而是這五官長得七零八落，沒半點幽默可言。每次我和他見面，總會忍不住沉思，這長相可真是萬中選一啊。這種說法連我自己聽了都覺得不舒服，實在不該說，但這是事實，所以也是沒辦法的事。那種長相，我真是打出生後第一次見識。男人的長相不是問題，只要有高潔的精神就行，肯定能展開充實的社會生活，我對此堅信不疑。但是像俊雄這樣的年輕人，而且在慶應大學文科這種來頭不小的大學就讀，卻配上這般尊容，想必日子不太好過。而事實上，與他見面後，連我都開始討厭起人生了。真的長得很慘。他往後漫長的人生，想必會因為這先天的問題，多次遭人指指點點，背地裡說壞話，受到排擠。想到這點，我開始對現代社會的結構產生質疑，不免憤世嫉俗起來。世人冷酷的心，令人厭惡。我深感義憤填膺。俊雄日後如果能找到不錯的工作，過著衣食無虞的生活，實在是求之不得之事，值得祝福。但在婚姻上會是如何呢？儘管有他看上眼的女人，卻因為他的尊容而無法結婚的話，他內心會感到多悲慘呢。想必會大聲地痛苦呻吟吧。唉，想到俊雄就心情鬱悶。我打從心底同情他，卻無法喜歡他。真的長得很慘，無法用言語形容。我盡可能不想看到他。或許我也和世人一樣冷酷，自以為了不起。愈想愈是語無倫次。我從去年開始，只去過下谷家兩次。我想見姊姊，姊夫鈴岡卻總愛擺出十足的姊夫派頭，老是叫我「小子」，真受不了他。或許有人會說他這樣是豪邁，但叫人「小子」未免也太過頭了吧。我都十七歲了，被人叫「小子」，還要應聲，我才不要呢。原本打算來個相應不理，再賞他一張臭臉，但畢竟他是柔道四段，還是有點可怕，我只好一副卑微的模樣。與俊雄見面，讓我變得連話都說不好；面對鈴岡，又備感戰戰兢兢。所以每次我到下谷家，就會完全變成窩囊廢。今天姊姊同樣問我要不要去她家玩，我不自主地應了聲「嗯」，接著又躊躇良久。我實在很不想去，最後跑去找哥哥商量。

「姊姊叫我去她家玩，但我不想去。風這麼強的日子，不適合出門。」

「可是你不是回說你要去嗎？」哥哥存心捉弄我，因為他已看出我的優柔寡斷。「那你就非去不可。」

「啊，好痛！我突然肚子發疼。」

哥哥笑出聲來。

「既然這麼排斥，一開始就明白拒絕不是很好嗎？他們在等你呢。就是因為你想當個面面俱到的好孩子，才會惹出這些麻煩。」

最後惹來一頓訓。我討厭訓話，就算是哥哥的訓話，也一樣討厭。我從未因為別人對我訓話而真心悔改。訓話根本是一種自我陶醉，是任性的裝模作樣。真正了不起的人，只會面帶微笑看著我犯錯，而這樣的微笑很深邃清澈，儘管什麼也沒說，卻直透人心坎。當我驚覺時，頓時恍然大悟。這樣才能真心悔改。我實在很討厭訓話，就算是哥哥的訓話也一樣。我就此板起臉來。

「那我明確地拒絕總行了吧？」我如此說道，微帶殺氣地打電話到姊姊位於下谷的家中，結果大為不妙，竟然是鈴岡接的電話。

「是小子嗎？新年快樂。」

「謝謝，新年快樂。」畢竟他可是柔道四段啊。

「你姊已經在等你了，快來吧。」竟然還把姊姊搬了出來。

「呃……我肚子痛。」自己聽了都覺得很窩囊。「請代我向俊雄問候一聲。」甚至還扯了一句沒必要的客套話。

我沒臉見哥哥，就這樣關在房裡直到黃昏，拿起齊克果*寫的《基督教的訓練》亂看一通。雖然望著上頭的印刷字，腦中卻天馬行空地胡思亂想。今天真是個蠢日子。感覺下谷家很難纏，姊姊嫁到那戶人家，是真的因為幸福而露出微笑嗎？想到這裡，我都搞糊塗了。晚餐時，我問哥哥：

「夫妻之間都聊什麼呢？」

結果哥哥以無趣的口吻應道：「誰知道，應該是什麼也沒聊吧。」

「或許吧。」

哥哥果然聰明，他很清楚姊姊有多無趣。

晚上我覺得喉嚨痛，提早就寢。八點時，我躺在床上寫日記。媽媽最近

* Søren Kierkegaard，丹麥神學家、哲學家，被視為存在主義之父。

精神不錯，只要平安度過這個冬天，或許身體就會逐漸好轉，畢竟她的病相當棘手。先不談這個，不知道有什麼辦法可以弄到五日圓，我得還佐伯這筆錢才行。還清這筆錢後，就和他絕交。感覺一旦欠錢，人就會變得很窩囊，一蹶不振。要賣舊書來湊這筆錢嗎？還是請哥哥幫忙呢？

《申命記》裡提到「借給你的兄弟，不可取利」，看來還是請哥哥幫忙比較安全。我這個人似乎有點小氣。

風還是一樣強勁。

一月六日　星期五

晴。寒氣逼人。我每天只會下定決心，卻什麼也不做，真是引以為恥。我吉他愈彈愈好，但這一點都不值得誇耀。唉，真希望過的是沒有悔恨的日子。我受夠過年了。喉嚨已經不疼了，接下來頭卻痛了起來。什麼都不想寫。

一月七日　星期六

陰。一個禮拜什麼也沒做。從早上起，我獨自一人幾乎吃掉一整箱橘子，似乎連手掌都變黃了。

真丟臉！芹川進。你的日記最近太靡爛了，完全沒半點知識分子的樣子，得好好振作才行。你忘了你遠大的志向嗎？你已經十七歲了，該成為獨當一面的知識分子了。可你這是什麼靡爛樣？你小學時，哥哥帶你去教堂學聖經，你難道忘了嗎？耶穌許下的悲壯誓願，你應該深切明白才對。你忘了自己曾向哥哥承諾，要成為像耶穌那樣的人嗎？「耶路撒冷啊，耶路撒冷！這城殺害先知們，又用石頭砸死被差到她這裡的人！我多次想聚集你的兒女，像母雞把自己的小雞聚集在翅膀下，可是你們不願意*。以前每次讀到這裡，就會忍不住放聲大哭的夜晚，你忘了嗎？每天都有過人的覺悟，但最後整個禮拜過去，卻天天像傻子般玩樂。

*語出馬太福音第二十三章。

今年三月也有一場入學考。雖然考試不是人生的最終目的，但就像哥哥所說，與它奮戰，正是學生生活的可貴之處。連耶穌基督當年也很用功。他研究了當時的聖典，無一遺漏。自古以來的天才，用功的程度都勝過常人十倍。

芹川進，你可真是個大傻瓜啊！日記這種東西就別再寫了！一個只會撒嬌的傻瓜，拖拖拉拉寫下的日記，連豬都不屑一聞。你的生活就只是為了寫日記嗎？這種自命清高、拖拖拉拉的的日記，還是別寫得好。這種空洞的生活，不管再怎麼反省、整頓，還是一樣空洞。像這樣叨絮不休寫個沒完，實在滑稽。你的日記已經沒有任何意義了。

「吾人為小錯而懺悔，是為了讓世人相信自己沒犯其他大錯。」——法蘭索瓦．德．拉羅希福可*。

活該！

*François de La Rochefoucauld，十七世紀法國思想家、巴黎貴族，著有《偽善是邪惡向美德的致敬：人性箴言》等書。

從後天起，第三學期就要開始了。
繃緊神經，勇往直前！

四月一日 星期六

微陰。強風。這是攸關命運的一天，我終生難忘的日子。我前往看一高放榜，我落榜了。肚裡的腸胃彷彿憑空消失，體內變得空無一物。我並不感到遺憾，只是想哭。進，你真可憐。不過，我覺得落榜也是理所當然。

我不想回家。腦袋好沉重，耳朵嗡嗡作響，喉嚨無比乾渴。我前往銀座，站在四丁目的街角，任憑強風吹拂，等候紅綠燈，這時第一次流下眼淚。這也難怪，想到這是我有生以來第一次落榜，便按捺不住。我不知道自己是怎麼走來的。轉頭一看，有兩個人在看我。我坐上地鐵，來到淺草的雷門。淺草人山人海，我也停止了哭泣，我覺得自己就像拉斯科尼科夫*。我

*俄國作家杜斯妥也夫斯基名作《罪與罰》中的主角。

走進一家牛奶店＊1，桌上滿是白白的一層灰，感覺連舌頭也因為灰塵而變得粗糙。呼吸困難，落榜生的模樣實在難看，我雙腿慵懶無力，幾欲虛脫，眼前清楚浮現幻影。

羅馬的廢墟沐浴在昏黃夕陽下，景色悲戚。身穿白衣的女子低著頭，消失在石門內。

我額頭直冒冷汗。我也參加了R大學的預科考試，但該不會也……不，不管怎樣都無所謂了。就算考上，也只是有個學籍罷了，我根本不想念到畢業。從明天起，我要自力謀生。從去年暑假前，我就已做好覺悟，我已經不想再當有閒階級＊2了。依附在有閒階級底下寄食的我，是多麼可悲啊。「駱駝穿過針孔，比富人進天國還容易＊3。」這不正是個好機會嗎？從明天起，我就不再受這個家關照了。啊～暴雨狂風！靈魂啊！從明天起，我就要出外闖蕩了。眼前再度浮現幻影。

＊1 明治、大正時期，日本政府為了改善日本人的體質，大力推廣喝牛奶，因而出現很多牛奶店。

＊2 leisure class，為美國社會學家托斯丹・范伯倫於一八九九年著作中提出的概念，用以批判十九世紀末美國上流階級中與企業密切往來的暴發戶。

＊3 語出馬太福音第十九章。

那是鮮明的翠綠。清泉汩汩湧現，流經綠草之上，傳來嘩啦嘩啦的水聲，鳥兒振翅高飛。

幻影消失。我的桌位旁坐著一名身穿洋裝、其貌不揚的女孩，一臉茫然地坐著，面前擺著一只空咖啡杯。她取出小化妝盒，朝鼻頭敷粉，表情活像個白痴。但她有一雙纖細的腿，絲質的襪子顯得出奇的薄。來了一名男子，像是將髮蠟一路塗到臉上的男子，女孩咧嘴一笑，站起身。我別過臉去。耶穌基督連這種女人也愛得下去嗎？離家出走後，我也能若無其事地和這種女人談天說笑嗎？看到了令人厭惡的畫面，口乾舌燥，再喝杯牛奶吧。我未來的新娘，是那個噘著嘴的女人；我未來的摯友，是那位全身散發髮蠟惡臭的紳士。這預言會應驗。外頭絡繹不絕的人潮，他們應該都有家可歸吧。

「哎呀，你回來啦。今天可真早呢。」

「嗯，因為工作進行得很順利。」

「真是太好了，你要先泡個澡嗎？」

平凡、寧靜、可供休憩的歸巢。但我無家可歸。一個落榜的小子，多丟人啊！我不知道自己過去有多麼瞧不起落榜生，我一直以為自己和他們是不同的人種，真沒想到，如今我額頭也清楚被烙上落榜生的字眼。我是落榜的新人，請多指教。

各位在四月一日晚上，可有看見一名中學生，在淺草的霓虹森林裡像野狗般徘徊遊蕩呢？看見了嗎？如果看到的話，為什麼當時沒朝我叫一聲「喂」呢？我肯定會抬頭仰望你，向你請求一句「請當我的朋友！」。然後和你一起徘徊在強風中，一再相互立誓，要解救貧困之人。在這遼闊的世界能得到意想不到的同伴，對你我而言，都是多麼美好的事啊。可是沒人向我搭話，我就此頹喪地返回位於麴町的家中。

要寫接下來的事，實在很教人難過。我向上帝立誓，我這輩子再也不會做那種壞事了。我揮拳揍了哥哥。晚上十點左右，我悄悄返回家中，在漆黑的玄關解開鞋帶時，電燈突然亮起，哥哥走出來。

「結果怎樣？沒考上嗎？」他的聲音顯得一派輕鬆。我沒說話。我脫好鞋，站上入門臺階處，硬擠出一抹冷笑應道：

「這還用說嗎？」聲音卡在喉嚨裡。

「哦！」哥哥瞪大眼睛。「真的？」

「都是你不好！」我猛然揮拳揍向哥哥臉頰。唉，這隻手廢掉算了！我當時的憤怒根本毫無理由。我明明羞愧得要死，你們卻還是一派高雅地過日子，一臉若無其事的神情，去死吧！我因為這種粗暴的情緒爆發，而動手毆打哥哥。哥哥像孩子般哭喪著臉。

「對不起、對不起、對不起。」我抱住哥哥的頸項，放聲大哭。

工讀書生木島哥扶我進房，一面幫我脫下外衣，一面說道：

「你這樣太逞強了。你才十七歲，太逞強了。要是你父親在世的話……」

他小小聲地說道，似乎誤會了什麼。

「我們不是打架。笨蛋，才不是打架呢。」我一再抽抽噎噎地說道，但木島哥是不會懂的。他替我蓋上棉被，我就此入睡。

我現在趴在床鋪上，寫下這篇最後的日記。夠了，我要離開這個家。從明天起，我要自力謀生，這本日記就當作是對我的紀念，留在家中吧。哥哥看了之後，或許會流淚。他是位好哥哥。哥哥從我八歲起，就身兼父職疼愛我，多方開導我。要是沒有哥哥，我現在或許已淪為四處作惡的不良少年。因為有個這麼振作的哥哥，爸爸在九泉之下想必也能心安吧。媽媽最近病情好轉，讓人覺得她或許很快就能痊癒，令人高興。就算我不在了，也請不要沮喪，要相信我一定會成功，請輕鬆看待。我絕不會自甘墮落，一定會戰勝這個世界。總有一天，會讓媽媽為我高興。再見了，我的書桌、窗簾、吉他、哀悼基督像；再見了，你們。不要哭泣，我即將踏上人生旅程，笑著為我獻上祝福吧。

再見了。

四月四日 星期二

晴。我此刻人在九十九里濱的別墅，過著幸福的日子。哥哥帶我來的。我們昨天搭下午一點二十三分的火車從兩國出發，我就像生平第一次出外旅行般，滿心雀躍，不斷朝窗外風景東張西望。離開兩國後不久，發現鐵路兩旁全是一座座工廠，當中有無數的窮破小屋，像蚜蟲般群聚而建，接著視野豁然開朗，看到少許綠地，並不時出現幾棟像是上班族住的屋子，頂著小小的紅瓦屋頂。這些人住在宛如垃圾般的郊外，我對他們的生活展開思考。啊，一般民眾的生活，真是讓人感到既懷念又可悲啊。我深深覺得自己吃的苦還不夠多。我們在千葉等了十五分鐘，接著改搭乘開往勝浦的列車，向晚時抵達片貝。但已沒有巴士。最後一班巴士在三十分鐘前駛離，我們兩人只好與一圓計程車*交涉，但聽說駕駛生病，所以沒談成。

「用走的吧。」哥哥似乎覺得冷，縮著脖子說道。

「也對，行李我來拿吧。」

「好啊。」哥哥露出笑容。

我們兩人先走向海岸。順著岸邊走，沒想到出奇的近。在夕陽晚照下，望去盡是一片黃色的海砂，美不勝收，不過海風重重打向臉頰，冷徹肌骨。這四、五年來，我們都沒來到這處九十九里別墅。一來因為離東京太遠，二來地點也比較冷清，所以連暑假我們也都是前往媽媽位於沼津的娘家避暑。不過，睽違這麼多年再度來到這裡，感覺九十九里的大海還是像以前一樣遼闊蔚藍。不斷有大浪捲起，復又碎成浪花。小時候幾乎每年都會來這裡。

*大正末期到昭和初期的計程車，在市內特定地區以一日圓均一價載客。

這棟別墅名為松風園，是九十九里的知名景點。許多到此地避暑的遊客，都會前來參觀這座別墅的庭園，而不論來者是誰，爸爸似乎都會殷勤接待，所以大家總能盡興而歸。爸爸真的很喜歡讓人高興。現在是由一位名叫川越一太郎的老巡警與他的妻子阿金一同住在這棟別墅裡，負責管理。不過連我家人也很少到這裡來，只有一小口女士偶爾會帶她的弟子或友人前來留宿，幾乎都快成了一座荒屋，連庭園也任憑荒蕪。松風園已經式微，到九十九里避暑的遊客，恐怕都忘了松風園的存在，也幾乎沒有哪個嗜好與眾不同的人會專程前來造訪這座庭園。我腦中閃過各種念頭，緊跟在哥哥身後，走過沙地上，踩得沙沙作響，在沙地上留下兩道長長的黑影。芹川家只有哥哥和我兩人。我深切覺得，我們要和睦相處，共同攜手走向人生道路。

抵達別墅時，天色已昏暗。由於事先打過電報告知，所以阿金婆婆早已準備妥當，等候我們前來。我們馬上入浴洗澡，接著享受了一頓可口的晚餐，在房間裡仰身躺下後，這才從腹中深深吁了口氣。

四月一日和二日那宛如置身地獄般的狂亂，現在回想，就像一場夢。二日一早，天還沒亮我就起身，將生活用品塞進行李箱中，偷偷溜出家門。一日那天早上才領到四月的零用錢二十日圓，當時還剩一半以上，我全帶在身上。儘管如此還是不太放心，於是我不忘將哥哥借我的馬表和我自己的手錶帶在身上。有這兩樣東西，或許能賣個上百來圓。外頭一片濃霧，來到四谷見附後，東方才漸露魚肚白。我搭上省線列車，前往橫濱。為什麼買了坐到橫濱的車票，我一時也說不上來。總之，我覺得到那地方去，就會有好運等著我。結果什麼也沒有。我在橫濱公園的長椅上一直坐到中午，望著港口的汽船，海鷗飛翔天際。我向公園的店鋪買麵包來吃，接著拎起行李箱，朝櫻木町車站走去，買了一張到大船的車票。如果沒辦法糊口，我就當一名電影演員。去年遭受數學老師狸貓的侮辱，本想就此休學，但當時我也下定決心，乾脆當一名電影演員來自力謀生。不知為何，我有一股莫名的自信，覺得只要成為演員，就會功成名就。這不是對自己臉蛋的過度自信，而是對自身教養和技藝的過度自信。我並不憧憬當一名電影演員，甚至認為這是個痛苦、可悲的職業。但除了這個職業外，我實在想不出自己還能做什麼；我沒自信能配送牛奶。我在大船站下車。不管遭遇什麼事，一定都要堅持下去，我打算找位導演毛遂自薦。自從知道一高落榜後，我便暗暗做出這樣的決定，最後下定決心付諸執行。我一副旁若無人、意氣昂揚地來到攝影棚的正門，但最後就只能神色凝重地露出一抹苦笑。今天是星期天！怎麼會有我這麼粗心的人。也許這一切都是神的旨意，正因為是星期天，我的命運再度為之翻轉。

我拎著行李箱，再度回到東京。東京的夕陽好美。我朝有樂町月臺的長椅坐下，望著閃爍的大樓燈光，直到眼中噙滿淚水，再也看不見為止。這時，一位紳士輕拍我肩膀。我真不該哭的。我被帶往派出所，但我頗受禮遇，似乎是爸爸的名字發揮了作用。哥哥和木島哥前來接我，我們三人坐上汽車，半晌過後，木島哥突然開口：

「話說回來，日本的員警真是世界第一呢。」

哥哥卻一句話也沒說。

我們在家門前下車時，哥哥以飛快的口吻自言自語道：

「我什麼都沒跟媽媽說。」

那天晚上我也累了，就像死了一樣，睡得很沉。隔天，哥哥便帶我來到九十九里濱。換言之，那是昨天發生的事。我們沿著岸邊而行，直到太陽下山才抵達別墅。泡過澡，享用了可口的晚飯，在房裡躺下後，從我腹中長長地吁了口氣。晚上和哥哥睡同一間房，好久沒這樣了。

「對不起，叫你去考一高，是哥哥不對。」

我該怎麼回答才好呢？要我神色輕鬆地說一句「不，是我不好」，若無其事化解現場的尷尬氣氛，我實在沒這個能耐。我沒辦法挑明著說出違心之言，只能懷著難過的心情，一味在心中深處向上帝及哥哥道歉，請求原諒。我在被窩裡扭動身軀，因為不管擺什麼姿勢都不自在。

「我看過你的日記。看了之後，連我都想和你一起離家出走了。」哥哥低聲輕笑。「不過，這樣的話就太滑稽了。這也難怪，要是連我也眼神大變、慌慌張張地離家出走，那未免太荒謬了，木島到時候應該也會很吃驚。然後他也看了你的日記，跟著離家出走。媽媽和梅彌也全都離家出走，到時候大家又另外租一間房子同住。」

我忍不住笑了。哥哥為了不讓我感到尷尬，刻意開這個玩笑。他向來如此，他其實比我還要怯懦。

「R大學什麼時候放榜？」

「六日。」

「R大學應該能考上，如果你考上的話，你會想念嗎？」

「要一直念下去也行……」

「你最好想清楚，你不想念對吧？」

「不想。」

我們兩人都笑了。

「我們就輕鬆聊天吧。其實哥哥我上個月也向大學辦了退學，因為一直白繳學費也沒什麼意思。接下來的十年，我打算好好寫一本出色的小說。之前寫的都不行，我太自以為是了，根本就不行。生活上也過得很靡爛，老當自己是大師，熬夜寫作。從今年開始，我打算從頭來過。進，從今年開始，你也和我一起用功好嗎？」

「用功？再次報考一高嗎？」

「你在說什麼啊，我才不會這樣勉強你呢。只是為考試而用功，這樣算不上用功。你不是也在日記裡提到嗎？說你已在不知不覺間確立了未來的目標，難道那是騙人的嗎？」

「我沒騙人，不過我真的不知道。雖然感覺已經確立了，但具體上還是不太清楚。」

「是電影演員。」

「是這樣嗎？」我頓時慌了起來。

「就是它了。你想當電影演員，又不是什麼壞事。如果是日本首屈一指的電影演員，不是很了不起嗎？媽媽也會很開心的。」

「哥，你在生氣嗎？」

「才沒有呢。不過我擔心你，非常擔心。進，你已經十七歲了。不管日後要走哪條路，都還是得努力精進自己才行。這點你明白嗎？」

「哥，我和你不一樣，我腦袋差，又沒什麼強項，才會想去當演員……」
「是我不好。我很不負責任地將你拉進藝術的氛圍裡，是我不對，我太疏忽了。該罰。」
「哥，」我微微板起臉孔。「藝術就那麼不好嗎？」
「因為要是失敗了，後果會非常淒慘。不過，既然你打算全力投入，往那個方向努力，哥哥也不會反對。非但不反對，還打算和你互相勉勵，一起用功。好啦，接下來要展開十年的學習，你辦得到嗎？」
「我行。」
「這樣啊。」哥哥嘆了口氣。「既然這樣，那你先上R大學就讀。能不能畢業另當別論，總之，先上R大學就對了，體會一下大學生活也是好的。就這麼說好囉。別想著現在就要投入電影界，先以五、六年，不，七、八年的時間，找個一流的好劇團，扎扎實實地練好基本功。至於要加入哪個劇團，之後我們再來好好研究。說到這裡，有沒有哪裡有意見？我也睏了，不如先睡吧。家裡還有點錢，省點用的話，十年的生活不成問題，用不著擔心。」

我想將自己未來幸福的一半，不，五分之四，全部獻給哥哥。因為我的幸福光是這樣就已經太多了。

今天早上我七點起床，不知有多少年沒感受過如此清爽的早晨了。我和哥哥兩人赤腳衝向沙灘，賽跑、玩相撲、跳高、三級跳，從下午開始玩高爾夫球。雖說是高爾夫，卻根本胡玩一通。我們在墨水瓶纏上厚厚一塊布，以此當球，然後手握球棒，以打高爾夫的姿勢擊出，打進旱田對面約一百公尺遠的松樹下方坑洞。而途中的旱田，是困難重重的關卡。真有意思。我們玩得哈哈大笑。鏘的一聲，墨水瓶做成的球就此擊出，感覺很痛快。阿金婆婆端來麻糬和橘子，我們大為感謝，張口大嚼，同時繼續玩高爾夫。我只打了六次，便打進洞裡，創下今天的紀錄。有四名住海濱的孩子，不知從什麼時候起，也跟在我們身後。

「我學會了。」

「我也學會了，只要打進那個洞裡就行了。」他們在一旁竊竊私語，一副很想加入我們遊戲的神情。

哥哥說「你們試試」，遞出球棒後，孩子們不勝欣喜，連聲說道「我學會了」，一味地猛揮棒。真可愛。這些孩子每天不知道都在玩什麼遊戲，想到這裡又不由得想哭。啊，真希望大家都能一樣幸福。看這些孩子們玩樂的樣子，才真是所謂的貪玩。我們玩累了，直接躺在沙灘上。天上的晚霞，從雲縫間露臉的紅光，宛如燃燒的鮮紅緞帶。抬頭仰望，發現別墅四周的松林也沐浴在紅光下，閃耀著鮮紅的光輝。這片大海——銚子半島，微微透著紫色，水平線猶如鏡面的邊框，泛著綠光，小小的海鷗緊貼海面飛行，海面潮起潮落，永不止歇。啊，人生原來也有這樣的時刻。啊，今天可以不必顧慮任何人，盡情享受這美好的幸福感！人在幸福的時刻，就算變成傻瓜也無妨。想必上帝也會原諒吧。這天是我們兩人的安息日。哥哥用鉛筆在貝殼上寫詩。

「你寫什麼？」我問他，向前窺望。

「寫下祕密的祈禱。」他如此說道，微微一笑，將貝殼拋向大海。

回屋後，我們洗澡，吃完晚飯後，便上床睡覺。哥哥率先鑽進被窩裡，睡得鼾聲大作。我從沒見過哥哥睡得這麼沉。我小睡片刻後起床，寫下這篇日記。這三天所發生的事，我自認已全部真實無偽地記下。我一輩子都不會忘記這三天發生的事！

四月五日　星期三

大風。一早颳起強勁的大風，絕非都市人所能想像。真嚴重。這強勁的西風，幾乎可用颶風來形容，吹得地面隆隆作響。加上屋子西側的松樹砍去了兩、三棵，看起來更是岌岌可危。瞧這風勢，幾乎快要把屋子給拆了。總之，真的很嚴重，甚至到令人大呼痛快的程度。完全無法邁出屋外半步。下午，西風似乎轉成了東北風。上午我才將川越先生家的小狗們帶進房裡，和牠們嬉戲，一共五隻。聽說幾天前才剛出生，可愛無比。牠們可能是害怕強風，全身簌簌發抖。與牠們臉貼臉時，一陣奶味撲鼻而來。這比任何香水的氣味都來得高貴。我將五隻狗全抱進懷裡，覺得奇癢無比，忍不住哇哇大叫。

哥哥從下午開始，便面向書桌而坐，專注在稿紙上不知寫了些什麼。我躺在一旁，拿起《黎明前》來翻閱，裡頭的文章艱澀難懂。

入夜後，風勢稍稍平息，但還是頻頻撼動防雨門。外頭明明是明月高懸的平靜夜晚。風啊，你要怎麼狂亂吹拂都行，但請不要把明月和星辰吹走。

哥哥晚上仍執筆不輟，我也在床上繼續看了一會兒《黎明前》。

明天就是R大學放榜的日子了，木島哥應該會打電報告訴我結果。我有點在意。

四月六日　星期四

時晴時雲，早上略微有雨。海邊的雨景宛如默片，儘管飄雨，卻寧靜無聲，聲音全被吸進沙中。風已完全止歇。我起床後，朝下雨的庭院凝望了半晌，接著自言自語道「好了，睡吧！」又鑽進被窩。哥哥一臉宛如普希金*般的神情，睡得正香甜。哥哥不時會自嘲臉黑，但我喜歡像哥哥這樣皮膚微黑、會浮現陰影的臉龐；我的臉則是又平又白，兩頰紅潤，沒半點陰鬱氣息。聽說只要用水蛭貼住臉頰吸血，就能去除臉頰的紅潤，但這很噁心，我提不起勇氣這麼做。連鼻子也是，哥哥的鼻子稜角分明，鼻梁有明顯的高低

*Aleksandr Sergeyevich Pushkin，一七九九～一八三七，俄國詩人、劇作家、小說家。

落差，很有特色；我的鼻子卻又圓又大。我曾經得意忘形地聊到朋友的容貌，當時哥哥突然在一旁說道「你可是個美男子呢」，頓時令人感到掃興，當時我很不高興。我並不認為世上只有我是美男子，其他人都是醜男，絕無此事。倘若我真是絕世美男，應該反而會對別人的容貌漠不關心才對；而對於別人醜陋的容貌，應該會抱持寬容的態度才對。然而，像我這樣對自己的長相很不滿意的人，連對別人的容貌也感到在意。甚至覺得「他想必內心很鬱悶吧」，而心裡產生共鳴，根本無法漠不關心。我的長相和哥哥相比，根本連他百分之一的俊美都不到。我的長相不帶半點精神層面的特質，就像番茄一樣。哥哥向來都以自己膚色黑自嘲，但要是他日後靠文筆打響名號，博得小說界第一美男子的稱號，肯定會不知如何自處。真的有點像普希金呢。我的臉則會出現在百人一首*的圖畫紙牌中。我昏沉沉睡著了，做了各式各樣的夢：我好像人在上野車站內，四周被列車包圍。我正浸泡在澡盆裡，不

*印有百人一首和歌的紙牌，或是用這種紙牌來玩耍的歌留多遊戲。

住東張西望。突然貝多芬的第七號交響曲如雷灌頂從頭頂響起，我急忙站起身，光溜溜地舉起雙手指揮起來。時而激昂、時而悠然、時而輕柔地扭動身軀，展開指揮。此時交響樂倏然消失。列車上的乘客紛紛從車窗冷靜地望向我。我頓感難為情，卻仍維持全身赤裸、扭動身軀指揮的姿態，站在澡盆裡。那是難以形容、無比羞愧的模樣。連我自己都忍不住笑了出來，就此清醒。好短的一場夢，但已好久沒聽到那一直想聽的貝多芬第七號交響曲，我暗自慶幸。接著又再次昏沉沉睡去，這次改為夢到考試。正面有個舞臺，當我得知那是一處氣派的考場時，才發現這是帝大的入學考。然而，前來擔任監考官的，竟是狸貓，我甚感詫異。考生們也全是我認識的四年級生。考的雖是英語科，考卷上畫的卻是老虎的圖畫，我實在答不出。此時狸貓走到我身旁對我說「我來教你吧」，我回答「不要，你到旁邊去」，狸貓說「不，我來教你吧」，呵呵奸笑。我百般不願。我說「寫下一齣悲劇就行了吧」，

似乎吃了智慧的果實之後，
人就會失去笑容。
正義
と
與
微笑
太宰 治

狸貓應道「不，是羽衣哦」。我心想，他這話可真莫名其妙，這時，鈴聲響起，我把白卷交到狸貓手上，就此走向走廊。大家在走廊上嘰嘰喳喳喧鬧不休。

「明天的考試是什麼？」

「是遠足考試，真累人。」

「聽說要特別留意攜帶的點心。」

「我又不是相撲社的。」說這話的人好像是木村。

「聽說是價值二十五日圓的鞋子。」

「喝完酒後，我們去賞楓紅吧。」這好像也是木村說的。

「有酒就夠了。」

「進，你考上了耶。」這是哥哥真實的聲音。他站在我枕邊，面帶微笑。「木島打電報來說，你漂亮錄取。」我一時間感到無比羞愧，從哥哥手中接過電報細看，上頭寫著「漂亮錄取，萬歲。」這下我更羞愧了。這微不足道的成功，大家這樣大驚小怪，令我無來由難為情，甚至覺得大家是在笑話我。

「木島哥也太誇張了，說什麼萬歲，根本是在耍人嘛。」我把棉被罩在頭上，現在我實在沒臉見人。

「木島他應該也是打從心底高興。」哥哥以訓誡的口吻說道。「對木島來說，R大學也算是一所很耀眼的傑出大學。事實上，不管是哪所大學，其實全都一樣。」

我知道，哥。我從棉被裡露出臉來，不覺莞爾一笑。我的笑臉，已不是中學生的笑臉。一名蒙著棉被的中學生，從棉被裡露出臉來，馬上變成一名貨真價實的大學生，這當真是「不帶任何手法和機關」的魔術。啊，我寫得太興奮了，真難為情。R大學算什麼嘛。

今天我感覺不管走到哪裡，都沒有腳踏實地的感覺，彷彿行走在雲端一樣，飄飄然。哥哥也說「我今天也是這種感覺呢」。晚上我們兩人前往片貝鎮，大吃一驚，這裡完全變了樣，昔日片貝鎮的模樣已不復見。這該不會是我早上那場夢的延續吧？整個市鎮變得落寞冷清，看不出昔日的樣貌。四面都陷入黑暗中，而且闃靜無聲，感覺不到半點人氣。五年前的夏天，這裡滿是避暑的遊客，堪稱是片貝的銀座，現在卻連一盞燈也沒有，黑漆漆一片，狗的遠吠聲聽起來格外駭人。不光是季節的緣故，片貝鎮確實荒廢了。

「感覺就像被狐狸施法欺騙了一樣。」我如此說道，哥哥也一本正經地應道：

「不，或許真的被騙了也說不定。」

我們走進昔日常去的一家撞球場。裡頭只點了一顆昏黃的燈泡，店內空蕩蕩。裡頭的房間躺著一名陌生的老太太。

「要玩撞球嗎？」她以沙啞的聲音問道。「要玩的話，請自己來拿這個壁櫥裡的球。」

我很想逃離這裡，哥哥卻大搖大擺地走進房內，跨過老太太的床鋪，打開壁櫥，取出裡頭的球，我看了大為吃驚。哥哥他今天也同樣不太正常。我本想打一場球，但那球慢吞吞地滾在泛黑的呢絨布上，感覺就像生物一樣，教人覺得有點可怕，所以還沒分出勝負，我便說「不玩了，不玩了」，就此走出屋外。我們走進一家蕎麥麵店，吃著微溫的天婦羅蕎麥麵，我說道：

「今晚是怎麼了，感覺想法和行動完全對不上，是我的腦袋出狀況嗎？」

哥哥聽了，嬉皮笑臉地應道：

「因為你成了大學生，才覺得今天是個奇怪的日子。」

「啊，糟糕！」我感覺被人說中心事。

今天會這麼奇怪的原因，或許不是因為片貝鎮，而是我太過興奮了。儘管如此，連哥哥也和我一樣，說他飄飄然、沒有腳踏實地的感覺，贊同我說的話，這實在奇怪。難道哥哥也和我一樣高興得沖昏了頭？真是個傻哥哥，區區一點小事也興奮成這樣。

日後我會讓你更高興的。今天一整天感覺都像在做夢，但如果是夢，請別讓我醒來。浪潮聲傳進耳中，遲遲無法入眠。我感覺到自己未來的人生道路已清楚呈現眼前。我要向上帝說聲謝謝。

四月七日 星期五

晴。從東方吹來徐徐柔風，我開始想回東京了，九十九里已有點待膩了。我們吃完早餐，兩人一同前往沙灘玩高爾夫，但已不像一開始那麼有趣，就是提不起勁。高爾夫打到一半，一位住別墅隔壁的十八歲中學生，名叫生田繁夫，他走來對我說一聲「您好」，我也回以一句「您好」，接著他馬上將一本筆記伸向我面前說：「請幫我解一下這個代數問題。」真沒禮貌。我小時候常和他一起玩，不過這麼久沒見面了，才剛打完招呼，開口就是這麼一句「請幫我解一下這個代數問題」，實在太沒禮貌了。我甚至懷疑他是不是對我們抱有敵意。他的皮膚變得很黝黑，就像變了個人似的，已完全成了一名海灘青年。

「我好像不會解呢。」那筆記本上的問題，我也沒細看，便如此說道。

「可是，你不是上大學了嗎？」他如此逼問。一副挑釁的口吻，我聽了很不是滋味。

「這事你是從哪裡聽來的？」哥哥語氣平靜地問。

「聽說昨天送電報來，不是嗎？」繁夫很投入地說道。「我是從川越奶奶那裡聽說的。」

「哦，這樣啊。」哥哥頷首，面帶微笑地說道：「很不容易才考上的。進好像都沒為了考試而好好念書，所以連你也解不出的難題，他應該也解不出吧。」繁夫聽了，滿臉喜色。

「是嗎。我只是想，如果是四年級就能考上大學的高材生，應該可以輕鬆解開這種問題才對，所以才跑來請教，真的很失禮。這個因數分解題非常難。我打算明年報考高等師範學院。我不是什麼高材生，所以五年級才要報考。哈哈哈哈。」他發出空虛又膚淺的笑聲後，就此離去。真是個蠢蛋！也許是環境將他扭曲成這模樣，但這世界就是因為有這樣的笨蛋，才會變得如此無意義又灰暗嗎？沒必要這麼認真挑我毛病吧？就算考上了R大學，我也沒半點驕傲之心，更完全沒想到要輕視別人。哥哥目送繁夫意氣昂揚離去的背影，嘆了口氣說道：

「就是有這種人。」

我們備感沮喪，同時覺得鎮日在這裡悠哉玩樂，彷彿在做什麼壞事似的。

「這就是所謂『狐狸有洞，天空的飛鳥有窩』[*1]，是吧。」我如此說，哥哥聞言後笑著應道：

「但日子將到，新郎要離開他們。[*2]」

這樣的對話要是讓繁夫他們聽了，想必會覺得我們裝模作樣，而很生氣吧。真是這樣的話，我們該怎麼辦才好呢？其實我們一點都不驕傲，我明明一直都很低調。唉，真想回東京。鄉下教人不自在。也沒興致繼續玩高爾夫了，我們聊著可悲的玩笑，就此返回屋內。

中午時我又犯了個錯，是個很嚴重的過錯，而且從頭到尾都是我一個人的錯，真難受。

吃完午飯後，我拉著哥哥來到庭園，幫他拍照，這時我聽到石塚爺爺的兩個孫子在樹籬外竊竊私語。

＊1 語出馬太福音八，全句是「狐狸有洞，天空的飛鳥有窩，人子卻沒有枕頭的地方。」

＊2 語出馬太福音九。

「我三歲時，他也幫我拍過照。」男孩一臉得意地說道。
「三歲時？」這是他妹妹的聲音。
「沒錯，那時候我戴著帽子，可是我不記得了。」
哥哥聽了也忍俊不禁。
「進來玩吧。」哥哥大聲喚道。「我幫你們拍照。」
樹籬外悄靜無聲。石塚爺爺以前曾擔任這棟別墅的看守人，現在仍住這一帶。他兩個孫子，年紀大的男孩約十歲，年紀小的女孩約七歲，兩人馬上紅著臉快步走進庭園，就此停步，兩人都羞紅著臉，紅得有如火燒，站在原地不敢往前。那忸怩的模樣看起來頗有氣質，感覺不錯。
「到這邊來吧。」哥哥向他們招手，接著我說了一句很不得體的話。
「我拿點心給你們吃哦。」
女孩突然抬起頭，猛然一個轉身，快步逃離。男孩似乎沒像女孩那麼敏感，先是躊躇了一會兒，但接著也跟在女孩身後跑走。

「你冷不防說要給他們點心吃，就算是孩子，也會覺得受辱。他們也是有自尊的，不是為了拿點心才來這裡。」哥哥一臉遺憾地說道。「你可真傻，就是因為這樣，才會連繁夫也對你有反感。」

我完全無從辯駁。想必我心裡還是覺得驕傲，我這個人真是一無是處，行事又草率。

看來，我很不適合住鄉下，老是出事犯錯，心情真鬱悶。我很想到石塚爺爺家向那對小兄妹道歉，但最後還是不敢去。我覺得這麼做太大費周章，又感到很羞愧，始終提不起勇氣前去。

我想明天就回東京。和哥哥商量後，哥哥說他正好也打算回去，就此贊成我的提議。

傍晚時，我洗好澡，望向鏡子，發現自己鼻頭曬得發紅，就像漫畫人物一樣。一會兒雙眼皮，一會兒三眼皮，一會兒單眼皮，每次眨眼都會變化，也許是眼窩凹陷的緣故。運動過度反而瘦了，感覺很得不償失。真想早點回東京。我果然是個都會人。

四月八日　星期六

九十九里晴天，東京有雨。我們抵達家門時，已是晚上七點半。姊姊回到家中，感覺不太對勁。「我是剛剛才回到家裡。」姊姊若無其事地說道，但後來木島哥不小心說溜嘴，原來她前天晚上就回到家了。姊姊為什麼要刻意扯謊呢？也許發生了什麼事。總之，我累了，我們洗過澡後，便上床就寢。

四月九日 星期天

陰。我下午一點起床。在自己家果然睡得很沉，或許是棉被的關係。哥哥好像比我早起，還和姊姊起了爭執。姊姊和哥哥兩人都態度冷淡，肯定發生了什麼事。早晚會真相大白。姊姊和我說沒幾句話，傍晚就回下谷去了。

晚上哥哥帶我前往神田買大學的帽子和鞋子，我直接戴著帽子返家。在回途的巴士上，我向他問道：「姊姊她怎麼了？」哥哥暗啐一聲。

「她說了蠢話，真是蠢。」說完後他便不再言語，就像嘴裡嚼黃蓮似的，板著一張臉，看起來怒氣沖沖。

肯定發生了什麼事。但我什麼也不知道，所以無從插嘴，暫時先旁觀一陣子吧。

明天西服店應該會來替我量尺寸，哥哥說他會一併幫我買件雨衣，我漸漸成了一位名實相符的大學生。流水啊。今晚我深切體認到，能考上R大學，真的很慶幸。等過一段日子，我打算要正式攻讀戲劇。哥哥說，他會先介紹演技一流的老師給我，也許是齋藤先生。齋藤市藏的作品，在日本已算是經典，我連批評的資格也沒有，只是內容有點普通，稍嫌不足。但其格局恢宏，如果當老師的話，或許他是最適合的人選。

哥哥說藝術之路艱辛難走。不過，用功就對了，事先好好用功，就不會感到不安。我想嘗試的這條路，今天能順利走下去，全是哥哥的功勞。這輩子我們要互相扶持，好好努力，一起邁向成功。媽媽也常說「兄弟要和睦相處」，媽媽一定也會為我們高興。

哥哥從剛才起，就待在媽媽的房間裡不知在談些什麼。待了好久。益發覺得，一定是出了什麼事。真教人心急。

四月十日 星期一

晴。學校寄來正式的錄取通知書。開學典禮定在這個月二十日，希望衣服能在那之前作好。今天西服店的人前來量尺寸，我訂作的不是流行的款式，反而採保守的樣式。要是穿著流行款式的制服在路上走，人們會感覺這人腦袋不靈光，這可萬萬不行；換作是樣式質樸的制服，看起來才像高材生。哥哥也都穿著平凡無奇的學生制服，看起來就像是個與眾不同的高材生。

傍晚，小良來家裡玩。她是小慶的妹妹，是商業大學的學生，現在還是名女學生，不過舉止傲慢。

「聽說你進了R大啊？勸你最好別去念。」一開口就是這麼冒犯人的話。「因為妳念的商業大學不錯對吧。」我如此回應後，她丟了一句「它一樣很沒意思」。於是我問她「那麼，念什麼才好呢」，她回我「當中學生最好，因為很可愛」。跟她根本就話不投機半句多。

她請梅彌幫她縫補裙子，縫好後便回去了。又是和衣服有關，女學生的制服為何都是這個樣子，既土氣，又骯髒，她們就不能稍微打扮得乾淨清爽一點嗎？穿這樣子走在路上，也不會有人為之驚豔吧。個個都像臭水溝裡的老鼠。如果服裝是這副模樣，就連內心也會變得和水溝裡的老鼠一樣，四處鑽營。話說回來，她們根本就沒有半點尊敬男人的心，令人驚訝。

今天哥哥下午便出門了，現在都已晚上十點，他還沒回家。我也逐漸明白整件事的大致輪廓。

四月二十四日　星期一

晴。我對大學的幻想破滅。從開學典禮當天開始，便感到厭煩。和中學根本沒兩樣，我所期待的宗教清聖氣氛，完全感受不到。班上有約莫七十名學生，全都是二十歲左右的青年，但在智商方面，就像淌著口水的小鬼，只會聒噪喧鬧。甚至令人懷疑他們是不是白痴。我原本就讀的中學，除了我之外，只來了一位姓赤澤的同學，不過赤澤是五年級才來報考，和我不熟，我們見面時僅僅點頭致意。我在班上完全孤立。五十個白痴、十個書呆子、五個機會主義者、五個暴力人士——我在開學典禮時便對班上同學做了這樣的分類。我想，這分類應該很準確才對，我的觀察絕對萬無一失。這當中我看不出半個天才型的人物，失望極了。照這樣看來，我就是這班上最頂尖的人物，真教人提不起勁。本以為會有很多可以一同聊天、相互勉勵的優秀對手，但這根本就像從中學一年級從頭念起。還有學生帶口琴到教室來，真受不了。二十日、二十一日、二十二日，連續上了三天課後，我真的受夠了。我想休學，早點加入某個劇團，展開嚴格的正統修習。我覺得上學根本就是浪費時間。今天一整天，我待在家裡看完《綴方教室》＊，想了許多事，難

＊綴方為作文之意。一九三〇年代，日本盛行生活作文運動，當時在東京一名小學老師大木顯一郎的指導、編輯下，收錄本田小學四年級生豐田正子的二十六篇「作文」，出版此書。

以入眠。《綴方教室》的作者和我同年。我認為自己也不能再這樣蹉跎下去了。儘管是個貧窮、沒受過什麼教育的少女，也能做這麼多工作。也許對藝術家而言，得天獨厚的環境反而是一種不幸呢。我也想早點脫離現在的環境，當一名身無分文的劇團研究生，忘卻一切，全心投入戲劇中。凌晨四點多，我好不容易才迷迷糊糊入睡，七點就被鬧鐘驚醒，起床後感到頭暈目眩。儘管如此，在痛苦的義務下，我還是邁著沉重的步伐前往學校。

由於學園裡一片悄然，我為之納悶，前往辦公室查看，發現也空無一人。我這才猛然驚覺，今天因為靖國神社舉辦大祭，學校放假。這就是獨行俠會嘗到的苦果。早知道今天放假，昨晚應該心情要更快樂才對，我可真蠢。

不過，今天好天氣。回去的路上順道繞了一趟高田馬場的吉田書店，悠哉地挑買古書。我不時感到暈眩，最後只挑了幾本《Theatreux》*雜誌、科

*法語的戲劇演員之意，為一九三四年創刊的戲劇雜誌。

克蘭（Constant Coquelin）的《演員藝術論》、泰洛夫（Alexander Tairoff）的《被解放的戲劇》，請店員幫我包好。還是感到頭暈，我只好直接回家，上床睡覺。似乎有點發燒。我躺著閱讀買回來的那幾本書的目錄。書店裡鮮少有戲劇相關書籍，我還為此大傷腦筋。如果是外文書，哥哥似乎有幾本和戲劇相關的書，但我現在還讀不來。今後得澈底學通外語才行。沒學好語學，似乎有諸多不便。

睡了一覺，醒來後已是下午三點。我請梅彌幫我做飯糰，自己一個人吃將起來。但吃了一個便覺得噁心，甚至全身發冷，於是我又鑽進被窩裡。杉野小姐很擔心地替我量體溫。三十七度八，她問我要不要請香川醫生來。我說沒必要，予以拒絕。香川醫生是媽媽的主治醫師，這個人很會說好聽話討人歡心，我不喜歡他。我向杉野小姐要了阿斯匹靈來吃，就這樣昏昏沉沉，流了一身汗，感覺舒暢許多。我想應該沒事了。聽說哥哥一早便為了先前那件事前往下谷，還沒回來。事情似乎沒那麼輕鬆能解決。哥哥不在身邊，總覺得有點不安。我請杉野小姐再幫我量一次體溫，三十六度九。我打起精神，趴在床上寫日記。我對大學的幻想破滅。無論如何我也要寫下這句感想，手臂卻慵懶無力。晚上八點，腦袋變清醒了，無法入睡。

四月二十五日　星期二

晴。風強。今天沒去上課，哥哥也說我最好請假一天。我已經退燒，時而起身，時而躺下休息。

那起所謂的事件，是姊姊說想和鈴岡離婚。似乎沒什麼最直接的原因，姊姊只是說她厭倦了。要說厭倦就是最主要的原因，倒也未嘗不可，不過具體來說，這似乎不是主因，所以哥哥才會那麼生氣。他說姊姊太任性，罵了她一頓；還說這樣對鈴岡很抱歉。鈴岡完全沒有要和姊姊離婚的意思，他似乎很中意姊姊，但姊姊卻無來由地討厭起鈴岡。雖然我也不喜歡鈴岡，但我認為姊姊這次是有點任性，也難怪哥哥會生氣。姊姊目前人在目黑的一小口女士家中。哥哥那天似乎很明確地表示，不希望姊姊回到我們位於麴町的家中，結果姊姊馬上打包行李，前往一小口女士家中，就此住下。我不禁覺得，這次的事件是那位一小口姑姑在背後暗中操弄。鈴岡似乎也很困惑。哥哥面帶苦笑地說，現在鈴岡打掃房間，俊雄負責煮飯，那模樣實在淒慘，教人同情；又因為那畫面實在很怪異，令人忍俊不住。這也難怪，柔道四段高手將衣服下襬塞進腰帶裡，手持撣子清理拉門，俊雄則落寞地皺起那罕見的醜臉，忙著烤魚，雖然對他們有點抱歉，不過那畫面光想像就逗人發噱。真教人同情。姊姊非回去不可。雖然她說沒什麼原因，但或許當中存在某個具體的重大原因。既然這樣，就該大家一起坐下來檢討原因，該改的就改，圓滿解決這件事。沒人來找我商量這件事，我心裡很焦急。就連事情的真相也完全沒跟我提。對於這件事，我想暫時當個旁觀者，暗中查探真相。我心想，這一小口女士著實可疑，若將她訓斥一番，或許她會供出事情的真相。找一天到一小口女士家，若無其事地展開調查吧。她一個人獨居，所以肯定是她教唆姊姊，想讓姊姊也和她一樣變成孤家寡人。鈴岡似乎不是什麼壞人，而姊姊也是個內心堅定的人，肯定背後有個邪惡的第三者。總之，事情的真相得暗中查探清楚才行。媽媽鐵定是站在姊姊這邊，她好像還是希望永遠將姊姊留在身邊。這起事件似乎還沒讓親戚們知道，不過目前來看，站在姊姊那邊的，有媽媽和一小口女士；而站在鈴岡那邊的，只有哥哥一人。哥哥形同孤軍奮戰。哥哥最近心情很糟，兩、三次在外頭喝得醉醺醺，三更半夜才返家。他比姊姊小一歲，姊姊不會完全聽從他說的話。不過，哥哥現在是家中的戶長，他有權利對姊姊發號施令。而這就是棘手的地方，在這次的事件上，哥哥似乎也態度強硬，姊姊則不肯讓步。只要有一小口女士在一旁出主意，就不會有好結果。總之，我得稍微暗中查探一番才行。這到底是怎麼一回事呢？

今天被哥哥訓了一頓。晚餐後，我若無其事以輕鬆的口吻說道「姊姊就是在去年這時候出嫁的，已經過了一年呢」，打算從哥哥口中套出和這起事件有關的消息，但被他看穿了。

「不管是一年還是一個月，一旦嫁出去，就沒道理回來。進，你好像對這件事很感興趣，這樣不是一位志向遠大的藝術家該有的風範哦。」

我無言以對。不過，我並不是基於卑劣的好奇心，而來打探這個問題，我只是期望一家和樂；而且我不忍心見哥哥如此痛苦，想從旁協助。但要是我說出這番話來，他可能會朝我怒喝一聲「少在那裡說大話」，所以我就此噤聲不語。哥哥最近變得很可怕。

晚上我躺在床上隨手翻閱《Theatreux》。

四月二十六日 星期三

晴。傍晚下起小雨。到了學校後聽說昨天同樣也因為靖國神社大祭而放假，我心裡暗罵「搞什麼」。換句話說，昨天和前天連放了兩天假。早知道的話，我就能更放心地在家睡大頭覺了。看來在這種時候，獨行俠真的很吃虧，不過我還是暫時繼續當獨行俠吧；哥哥在大學裡似乎也是獨行俠，幾乎沒有朋友，只有島村和小早川偶爾會到家裡來玩。抱持高遠理想的人，似乎非得經歷一段被孤立的時光不可。雖然會寂寞、有諸多不便，但絕不能向世間的低俗認輸。

今天的漢文課有點意思。由於和中學的教科書沒多大不同，我本以為又會上演同樣的情況，對此感到厭煩，結果沒想到上課內容大不相同。光是解釋「有朋自遠方來，不亦樂乎」這句話，就花了整整一個小時，當真佩服；中學時，對於這句話的含意，老師僅僅解釋，有好朋友從遠方來訪，非常高興。當時教漢文的蛤蟆仙就是這樣教的。接著蛤蟆仙會咧嘴笑道：「覺得百無聊賴時，朋友出現在庭院裡，拎著一升裝的好酒及一隻肥鴨當伴手禮，喊一聲『嗨！』不是很開心嗎。或許這就是人生中最快樂的時刻。」自己說得樂在其中。不過，這根本就大錯特錯。根據今天矢部一太老師在課堂上所述，這句話指的絕不是像好酒一升、肥鴨一隻這種現實生活中的低俗歡愉，完全是一種形而上學的語句。也就是說，儘管我的思想無法馬上受世人接納，卻在不經意間聽到遠方人士支持的聲音，不也很令人高興嗎？這是自己在得到一股直透心坎的感受時，對心中喜悅的一種歌頌。這句話唱出了理想主義者最高的願望；說這句話的人，絕非百無聊賴地躺在榻榻米上，而是朝自己的理想勇敢邁進。至於不亦樂乎的「亦」，有許多深奧的含意，矢部老師花了很長的時間說明，但內容我忘了。總之，中學時蛤蟆仙所說的好酒一升、肥鴨一隻，很遺憾，似乎就是凡夫俗子的解釋。不過坦白說，我覺得好酒一升、肥鴨一隻，感覺也不壞。這樣確實很快樂。蛤蟆仙的解釋也很難就此捨棄。我的思想得到遠方人士的理解，然後他們拎著好酒一升、肥鴨一隻，在美好的向晚時分前來探望，這是我的理想。不過，這樣或許欲望太深了。總之，我聽矢部一太老師那霸氣的講解，同時懷念起中學時的蛤蟆仙，這也是事實。他今年肯定也在中學課堂上大談他那好酒一升、肥鴨一隻的見解。蛤蟆仙的授課就像在講童話故事。

午休時間，我獨自一人留在教室裡看小山內薰的《戲劇入門》，一名滿臉鬍鬚的本科生緩緩走進教室內，大聲喊道「芹川在嗎？」接著噘著嘴道「搞什麼，裡頭都沒人嘛」，並向我問道「喂，小弟弟，你知道芹川在哪兒嗎」，十足的冒失鬼模樣。

「我就是芹川。」我皺起眉頭應道。

「原來就是你啊，真是失敬、失敬。」他搔了搔頭，露出天真無邪的笑臉。「我是足球社的人，可以來一下嗎？」

他帶我前往操場。在櫻花樹下，五、六名本科生或站或蹲，但全都一本正經地在等候我。

「他就是那位芹川進。」冒失鬼笑著說道，把我推向眾人面前。

「是嗎。」一名額頭寬闊，看起來像年過四旬，感覺無比沉穩的學生，態度從容地點了點頭，臉上不帶半點笑意地問我「你已經不踢足球了嗎」。我感受到一股壓迫感。第一次見面說話完全不笑的人，我最不會應付。

「沒錯，我已經沒踢了。」我擺出討好的笑容。

「要不要再考慮看看？」對方還是不帶半點笑意，緊盯著我的眼睛問道。

「這樣太可惜了吧。」另一名本科生也在一旁插話。「虧你中學時代那麼有名。」

「我……」我想把話說清楚。「我倒是想加入雜誌社。」

「文學是吧！」有人低聲說道，但明顯是嘲笑的口吻。

「真的不行嗎？」那名寬額頭的學生嘆了口氣。「我們很希望你能加入呢。」

我也很難受。我原本也很想加入足球社，但大學足球社的練習比中學更吃重，這樣我恐怕無法用功學習戲劇，所以我狠下心應道：

「不行。」

「你可回答得真明確。」有人再度語帶嘲笑地說道。

「不，」寬額頭的學生就像在訓斥那名嘲笑者似地，轉頭說道：「就算硬拉他加入也沒意義。再怎麼說，還是要全力投入自己喜歡的事，這樣才好。芹川現在好像身子骨不太行了。」

「我身子骨沒問題。」我愈說愈起勁，為自己辯駁起來。「只是有點小感冒。」

「這樣啊。」那名個性沉穩的學生這才微露笑容。「你這傢伙挺逗趣的，有空就到足球社來玩玩吧。」

「謝謝。」

終於擺脫了他們。不過，那名寬額頭學生的人品令我佩服，也許他就是隊長。我記得去年R大足球社隊長好像姓太田，而這位寬額頭學生或許就是那位有名的隊長太田。就算他不是太田，但一位足以在大學運動社團裡擔任隊長的男人，其人格必定有過人之處。

直到昨天為止，我仍對大學充滿絕望，但今天的漢文課，以及那名隊長的態度，都讓我對大學有點改觀。

接下來，發生了一件大事，而因為我表現活躍，現在疲憊不堪，無法詳細描述。真是痛快。明天再好好話說從頭吧。

四月二十七日　星期四

雨。下了一整天雨，一早便雷聲大作。由於昨天的活躍表現，今天早上仍未完全消除疲勞，起床時格外痛苦。我第一次穿上新買的雨衣去學校。我後來得知，昨天那名寬額頭學生果然就是鼎鼎大名的隊長太田。下課時間，我聽到班上一群人在聊這件事，這才得知。隊長太田似乎是R大的驕傲，他從本科生一年級起，就擔任隊長。原來如此，令人佩服。他似乎有個綽號叫摩西，這點也很令人敬佩。

還有，在今天的聖經課中發生了一件令人佩服的事，我想先將它記下，不過日後應該還是有機會提到吧。得趁還沒忘了昨天的事，趕緊先寫下，畢竟這是件大事。

昨天我從學校回家的路上，突然想繞去一小口女士位於目黑的住家看看，當時我覺得今天無論如何都得去一趟才行。雖然從下午開始便天氣惡劣、一副風雨欲來之勢，我滿腦子卻只想著這件事，就此前往目黑。一小口女士在家，姊姊也在，姊姊露出微微尷尬的神情。

「哎呀，小子變瘦了呢。姑姑，妳覺得呢？」

「啊，別再叫我小子了，別以為我永遠都是個小子。」我在姊姊面前盤腿而坐，如此說道。

「哎呀。」姊姊瞪大眼睛。

「會變瘦也是應該。我大病初癒，今天好不容易才能下床行走呢。」我刻意說得比較誇大。「喂，姑姑，上個茶來喝吧，我喉嚨好乾啊。」

「瞧你那什麼口氣！」姑姑皺起眉頭。「活脫一個不良少年。」

「是有可能變不良少年，連我哥最近也都每天晚上出外喝酒，三更半夜才回來。我們兄弟倆都變成不良少年給妳看。快上茶。」

「小進。」姊姊正色問道。「你哥跟你說了什麼？」

「什麼也沒說。」

「你說你生了大病，是真的嗎？」

「嗯，是病了，因為太過操心而發燒。」

「你說你哥每天晚上都出外喝酒，很晚才回來，是真的嗎？」

「真的，哥哥他完全變了個人。」

姊姊別過臉去，哭了起來。我也很想哭，但我強忍下來。

「姑姑，快給我茶。」

「是、是。」一小口女士以瞧不起人的口吻應道，一面泡茶，一面叨唸。「本以為你上了大學，終於可以稍微放心了，沒想到馬上學了這種不正經樣回來。」

「不正經？我什麼時候不正經啦？姑姑妳自己才不正經吧？明明是個一小口女士，還說人呢。」

「你說什麼？」姑姑真的發火了。「你連對我說話都這麼不客氣。你瞧！你姊姊都哭了。其實我全都明白，是你哥哥唆使你來的，明明只是個小鬼，還以為可以到這裡放肆，真是丟人，你的底早讓人知道了。話說回來，你說的一小口女士是什麼意思？說話要懂得收斂。」

「一小口女士是姑姑的綽號，我們家都是這樣稱呼妳，妳不知道嗎？那麼，我就一小口、一小口喝妳泡的茶吧。」我咕嘟咕嘟喝著茶，斜眼偷瞄姊姊。她低著頭。真是可憐，一切都是姑姑的錯。我對姑姑的憎恨心愈來愈熾盛。

「你們麴町全都是好孩子，真是幸福啊。小進，你是個乖孩子，你就回去吧。回家跟你哥哥說，如果有話想說，不要派小孩子來，要像個男子漢，自己過來說。搞什麼嘛，只會躲在背後說人壞話，最近都沒看到他來目黑這裡露面，我有話想好好跟你哥說。你說他每天晚上都出外喝酒，三更半夜才回家？真不知檢點。」

「請妳別說我哥壞話。」我也真的動怒了。「姑姑妳自己說話才該收斂呢，我才不是受哥哥唆使來的。妳開口閉口都是小孩子，把我瞧扁了，這我可傷腦筋呢。我好歹也懂得分辨誰是好人、誰是壞人。我今天是來找姑姑妳吵架的，不關哥哥的事。我哥對於這次的事，沒跟任何人透露過半句，自己一個人在那裡操心。我哥才不是那種卑鄙的人呢。」

「好啦，要不要吃點心？」姑姑當真老奸巨猾。「我有好吃的長崎蛋糕哦。姑姑其實全都知道，你也就別再惡言相向了，吃些點心，然後回去吧。你當了大學生之後，整個人都變了呢。你在家中也會用粗魯的口吻對你媽說話吧？」

「長崎蛋糕？那我來一點。」我張口大嚼。「真好吃。姑姑，妳可不能生氣啊。再給我來杯茶吧。姑姑，雖然我對這次的事一無所知，但我隱約能明白姊姊的感受。」我刻意擺出態度軟化的模樣。

「胡說什麼呢。」姑姑嘲笑道，不過她的心情已略微轉好。「你才不會明白呢。」

「這可難說哦。不過，這當中肯定有明確的原因。」

「關於這點，」姑姑趨身向前。「就算跟你這樣的小孩子說也沒用，不過，原因當然有，沒有才見鬼呢！」姑姑的用語當真低俗，教人受不了。

「沒有才見鬼呢」這種說法未免也太粗鄙了。「我跟你說，他們都結婚一年了，他丈夫有多少財產、收入有多少，一概不讓妻子知道，這是哪門子丈夫啊，你不覺得很可疑嗎？」我只是默默聆聽。姑姑似乎以為我聽了之後也覺得認同，說得更帶勁了。「鈴岡現在似乎有那麼點身分地位，不過追究他的出身，不就是你們父親底下的跟班嗎？這我早知道了。當時你們還小，或許不知道，但我心裡跟明鏡似的。他可是受你們家不少關照啊。」

「這又有什麼關係。」她實在有點囉嗦。

「不，大有關係。說起來，我們才算是正統。而他現在是怎樣？最近他很久沒上麴町問候你們，更別說我了，我看他根本早忘了有我這個人的存在。因為我是個單身的老姑婆，又沒什麼身分地位，會被人瞧不起也是沒辦法的事，但再怎麼說，我們也算是正統……」她說得無比激動，幾乎都拍打起榻榻米來了。

「姑姑，妳離題了。」我笑道。

「好了啦。」姊姊也跟著笑了。「先不談這個，小進，你和你哥都很討厭下谷的鈴岡家對吧？對於俊雄，你們其實打從心底瞧不起他……」

「才沒這回事呢。」我顯得有點慌亂。

「因為你今年過年時沒來，而且不光你們，親戚們也都沒人到下谷串門子，我才會這麼想。」

原來是這麼回事，我不由得長長嘆了口氣。

「今年過年時，我原本一直很期待小進來我家來玩呢。鈴岡也很疼愛你，老是小子、小子的掛嘴邊，很常提到你呢。」

「我當時肚子痛。」我變得結結巴巴。我這才發現，那件事想必對姊姊造成不小的傷害。

「不去也是理所當然的事。」姑姑這次轉為站在我這邊，現場情況真是一團混亂。「話說回來，他也不會主動來拜訪。他連你們麴町那兒都沒去了，我這兒更是連一封賀年卡也沒寄。反正像我這種人……」她似乎又要開始抱怨。

「真不應該。」姊姊態度冷靜地說道。「不知道是否該說這是鈴岡的書生脾氣，不光是對麴町和目黑，就連對他自己的親戚，也一概不往來。只要我一提到，他便回我一句『親戚的事以後再說』，然後就沒下聞了。」

「這樣很好啊。」我開始有點欣賞鈴岡了。「真是的，如果連對至親也非得那麼見外，大費周章問候，那麼男人根本就不用工作了。」

「你真的這麼想？」姊姊露出開心的神情。

「沒錯。妳大可不必擔心，最近每天晚上陪哥哥喝酒的人，妳知道是誰嗎？是鈴岡先生啊。他們似乎很有共鳴。鈴岡先生常打電話來。」

「真的？」姊姊雙目圓睜，緊盯著我，眼中閃耀著歡喜的光輝。

「這還用說嗎。」我得意地說道。「聽說鈴岡先生每天早上都把衣服下襬塞進腰帶內，自己打掃房間；俊雄則是綁著紅色的束衣袖帶，準備三餐。我從哥哥那裡聽聞這件事後，如今對下谷家完全改觀。不過唯獨小子這個稱呼，請不要再這樣叫我了。」

「我會改的。」姊姊喜上眉梢。「鈴岡都這樣叫，連我也跟著叫成了習慣。」這聽在我耳裡，就像在曬恩愛。不過，這時候如果出言調侃，可就太差勁了。

「我也不好，哥哥他也有疏忽之處。姑姑，對不起。剛才說了那麼多沒禮貌的話。」我一併討姑姑歡心。

「我也是想，如果這件事能圓滿落幕，自然再好不過了。」姑姑也很懂得看準時機，態度起了一百八十度的轉變。「不過話說回來，小進也變聰明了，令人驚訝呢。不過，取什麼一小口之類的綽號，以此來嘲笑老人家，唯獨這點很不可取。」

「我會改的。」

我大感痛快。在姑姑家吃完晚餐後，就此打道回府。

那天晚上，我一直引領期盼哥哥回家。媽媽聽說我到姑姑家吃晚餐，便急著想知道姊姊的近況，問個不停，我不想現在就告訴她，所以扯東道西，跟她打馬虎眼「妳待會再問哥哥吧，我也不清楚」，就此逃離媽媽的房間。

等到十一點，哥哥這才醉醺醺地歸來。我跟著他走進房間。

「哥，要我幫你端水來嗎？」

「不用。」

「哥，我幫你解開領帶吧。」

「不用。」

「哥，我幫你把長褲摺好，放在棉被底下壓平吧。」

「你很囉嗦耶，快去睡覺。你感冒好了嗎？」

「感冒的事我早忘了。我今天去了目黑一趟呢。」

「你蹺課對吧。」

「是放學後順便繞去一趟。姊姊託我跟你問候一聲。」

「你跟她說，我不想聽。進，我勸你也早點對她死心，她現在是外人了。」

「姊姊可是一直都很掛念我們，還流淚呢。」
「胡說些什麼啊，快去睡。如果你老是關心這些沒意義的事，肯定當不了日本第一的演員。我看你最近完全沒念書對吧？哥哥可是全都瞭若指掌哦。」
「哥，你自己不也是沒念書嗎？你每天都只顧喝酒。」
「少在我面前說大話，我是因為對鈴岡感到抱歉……」
「所以囉，只要讓鈴岡開心不就好了嗎？姊姊說她其實一點都不討厭鈴岡。」
「她是對你才那樣說的。進，連你也被她收買了是吧。」
「區區的長崎蛋糕，哪能收買我啊。是一小口……不，是姑姑不對，是姑姑在背後唆使，說什麼鈴岡沒讓姊姊知道有多少財產，老說這些低俗的事。不過，情況並不嚴重。其實是我們的不對。」

「為什麼？我們哪裡不對？我要先睡了。」哥哥換上睡衣，鑽進被窩。

我熄去房內的燈，改為點亮檯燈。

「哥，姊姊在哭呢。我說你每天晚上都出外喝酒，喝到三更半夜才回來，姊姊聽了便暗自流淚。」

「當然會哭啊。因為她自己說了那麼任性的話，害大家受苦。進，幫我拿根菸來。」哥哥趴在床上，我用打火機幫他點了根菸。

「接著姊姊還說，你們兄弟倆都很討厭鈴岡家對吧？」

「咦？她這話可就怪了。」

「因為真的是這樣啊。雖然現在不會了，但之前你不也是完全不想去鈴岡家玩嗎？」

「你不也都不去嗎。」

「沒錯，我也有不對的地方。畢竟他是柔道四段，很可怕呢。」

「還有俊雄，你很瞧不起他。」

「也不是瞧不起他，就是不想和他碰面，看了總覺得心情沉重。不過，今後我會和他做好朋友。仔細想想，他其實長得也挺好看的。」

「傻瓜。」哥哥笑了。「鈴岡和俊雄其實人都很好，吃過苦的人果然就是不一樣。我從以前就不覺得他們是什麼壞人，如果覺得他們是壞人，就不會讓姊姊嫁過去了。但我沒想到他人那麼好，這次真的有這樣的深切感受。姊姊還不了解鈴岡的好，說什麼因為我們都沒去她家作客，所以要和鈴岡離婚？真是不知分寸，這就叫任性，又不是十九、二十歲的年輕姑娘了，多難看啊。」完全沒有讓步的意思，或許這就是所謂戶長的見識。

「姊姊其實也很明白鈴岡的好。」我極力替姊姊辯解。「是因為鈴岡和我們好像很合不來，姊姊才會胡思亂想。姊姊很重視我們兩人，所以我們也有不對，說什麼嫁出去就是外人，我認為不該是這樣。」

「不然你認為我該怎麼做。」哥哥認真起來。

「其實不用特別做什麼，姊姊已經很高興了。我跟姊姊說，你和鈴岡最近每天晚上都一起喝酒交心，姊姊聽罷便問『真的？』，露出很開心的神情。」

「這樣啊。」哥哥長嘆一聲，沉默了半晌才說「好，我明白了，我也有不對」。哥哥霍然起身。「都十二點了，沒關係，進，你打電話給鈴岡，說哥哥這就去找他，還有，也打電話給朝日車行，請他們馬上派一臺車來。在這之前，我跟媽媽談點事就來。」

送哥哥到下谷後，我這才以平靜的心情著手寫日記，但畢竟累了，寫到一半便沉沉入睡。哥哥在鈴岡家過夜。

今天我從學校回到家後，哥哥滿面春風，什麼也沒說，直接就帶我到媽媽房內。

鈴岡和姊姊就坐在媽媽枕邊，我坐向他們身旁，笑著向他們兩人行了一禮。

「小進！」姊姊叫喚後，流下淚來。她出嫁那天早上，也是這樣叫喚我的名字，然後流下眼淚。

哥哥站在走廊上，露出帥氣的笑容。我眼中也噙著淚水。媽媽則躺在床上說：

「兄弟姊妹要和睦相處……」

上帝，請守護我們一家人。我會用功念書。

聽說明天就是姊姊結婚一週年的紀念日。我想和哥哥商量，看要送什麼禮才好。

四月二十八日 星期五

晴。仔細想想，身為一名男子漢，不過是為了家裡的小紛爭全力奔走罷了，卻感覺像在做什麼大事業似的，還為此得意洋洋，真是丟人。家庭的和諧固然很重要，但是對一個朝理想邁進的男人來說，對外也要更強悍才行。今天我在學校深切感受到這點。我在家中備受媽媽、哥哥、姊姊的疼愛，他們還誇我聰明，我就此覺得自己很了不起，但一來到外頭，馬上吃足苦頭。真是悲慘。每當歡天喜地後，就一定會遭受跌落谷底的失意襲擊，這似乎是我的宿命。世人為何都如此心胸狹隘，對彼此抱持如此不必要的敵意呢，真是受夠了。

今天早上，我才剛在大學正門前走下公車，便遇到先前的足球社本科生，是那天到教室找我的那名滿臉鬍鬚的學生。我對他有好感，所以馬上笑臉相迎，活潑地向他問候「早安啊」。

結果他實在很過分，竟以憎恨的眼神瞄了我一眼，就此快步走進正門，和先前那天真無邪氣的冒失鬼形象判若兩人。那眼神透露出難以形容的膚淺，就算我沒加入足球社，態度也沒必要這樣一百八十度大轉變吧。我們不同樣都是R大的學生嗎？真想朝他背後大罵一聲「混帳東西」。他應該是二十四、五歲的年紀，都老大不小了，還這樣氣我恨我。我瞧不起他，也頓時感覺自己發現了醜惡的人性，備感落寞。昨天感受到的幸福感，瞬間被打落萬丈深淵。氣量狹小的市井小民脾氣，他們那醜陋、狹隘的脾氣，粗魯地傷害我無拘無束的生活，多令人掃興啊。而且他們非但沒反省自己散播的毒害，還渾然未覺，所以更教我吃驚。有人說，世上最可怕的，非笨蛋莫屬，指的就是這樣吧。所以我才討厭學校。學校不是個求學問的場所，而是面對無聊的交際應酬得費心應付的地方。今天班上的同學們一派輕鬆地走進教室，口袋裡塞的全是《少女俱樂部》、《少女之友》、《明星》等雜誌。現今再也沒有比學生更愚昧無知的人了，我心裡排斥極了。開始上課前，有人互丟孩子玩的玩具紙飛機，有人為一些無聊小事大驚小怪，直呼「好厲害」，有人做出粗俗的動作，但只要老師一來，他們便馬上轉為偷偷摸摸，不管再無聊的課，也都一本正經聽課。放學後，個個就像活過來似的，得意洋洋叫嚷著「好了，今天要去逛銀座哦！」。還以為發生了什麼事，原來是班上一名叫K的帥哥，昨晚和一名像是他戀人的女子到銀座散步。結果今天他一到教室，馬上大聲宣揚。實在膚淺到了極點。感覺這裡就像一處老成的情色垃圾場。這位K也著實不簡單，儘管在眾人的起鬨下臉頰泛紅，仍是嬉皮笑臉，似乎也很樂在其中，在一旁起鬨。大呼小叫的學生，到底在想些什麼呢。真莫名其妙。齷齪！低俗！我遠遠望著這場愚蠢的鬧劇，一股強烈的憤怒湧上心頭。無法原諒，我再也不想和這些傢伙說話了，就算會受排擠也無所謂，根本沒必要加入這群人當中，逼自己變得和他們一樣無聊。啊～各位浪漫的學生！青春似乎很快樂對吧。一群蠢蛋。你們活著是為了什麼？你們的理想為何？是打算盡可能在不影響周遭的情況下，盡情玩樂，保持愉悅心情，順利大學畢業，訂作新西裝，在公司裡上班，娶個可愛的新娘，期待薪水調升，一輩子平安度日對吧？但很遺憾，你們或許無法如願。總會有意想不到的事發生。做好心理準備了嗎？真可憐，什麼都不知道。無知啊。

一早就情緒低落，下午準備上軍訓課時，才發現我忘了帶綁腿。我急忙到隔壁班，請當中的三名學生借我一個小時，但他們全都衝著我笑，不置可否。我大為吃驚。他們似乎不是出於不想借或覺得困擾這類的明確想法，而只是覺得沒有出借的道理，一種像白痴似的利己主義。看來，他們打從出娘胎到現在，都不曾對有困難的人伸出援手。再怎麼向這種人請託，也不會有結果。真過分。我再也不想請學生幫忙了。軍訓這門課我直接蹺課，返回家中。

不論是那名足球社的本科生、今天早上教室那場膚淺的騷動，還是隔壁班那三名學生，都很離譜。今天我落了個遍體鱗傷。不過算了，我有我的道路，只要照自己的道路直直往前探究下去就行了。

我今晚向哥哥提出請求。

「學校的情況我已大致明白，所以我想也差不多該正式展開戲劇的學習了。哥，請快點帶我到好老師那兒吧。」

「看你今晚若有所思、一臉認真的神情，原來是為這事啊。好，明天我去津田先生那裡找他談談。總之，先去津田先生那兒，問問看哪位老師比較好。明天我們一起去吧。」哥哥從昨天開始心情就似乎不錯。

明天是天長節*，感覺我的前途得到了祝福。津田先生是哥哥就讀高等學校時的德語老師，他已辭去教職，以寫小說維生。哥哥常會拿自己的作品請他過目。

*慶祝日本目前在位天皇生日的節日。

晚上我整理房間，一直忙到很晚。連書桌抽屜裡都整理得很乾淨，將看完的書和接下來要看的書進行分類，重新擺上書架；畫框裡的畫，也以達文西的自畫像取代哀悼基督像。我想要擺出意志堅定的物品。我捨棄了鵝毛筆，因為我想屏除少女的嗜好；吉他被我收進壁櫥裡，頓時清爽許多。感覺今年春天化為我這輩子最鮮明的記憶，留存在我腦海中。

四月二十九日　星期六

晴空萬里。今天是天長節，哥哥和我都起了個大早，天氣晴朗，寧靜祥和。聽哥哥說，自古以來，天長節必定都是這樣的好天氣。我希望自己能很單純地相信他這番話。

十一點，我們一起走出家門，途中繞了一趟銀座，購買慶祝姊姊結婚一週年的賀禮。哥哥買了一套玻璃杯組，打算日後去下谷時，和鈴岡一起用這些玻璃杯喝葡萄酒，可說是別有用心；我買了一組上好的撲克牌，下次去下谷玩時，打算和姊姊、俊雄三人一起玩撲克牌，也算是別有用心。這都是為了我們日後到鈴岡家時可以玩得盡興，而有計畫買下的禮物，實在很精打細算。玻璃杯組和撲克牌，我們請店家直接送往下谷。

我們在奧林匹克餐廳吃午餐，接下來要前往津田先生位於本鄉的家中拜訪。我剛升中學那年春天，哥哥曾帶我到津田先生家作客。當時津田先生家中的玄關、走廊、客廳全塞滿了書，我看得目瞪口呆。

「這些您全都讀過嗎？」我毫不顧忌地問，津田先生面露微笑。

「很難全部讀完。不過，像這樣事先擺好，總有一天會讀的。」還記得當時他很爽朗地如此回答。

津田先生在家。玄關、走廊、客廳，還是一樣塞滿了書，一點都沒變。津田先生也和四年前一樣，明明已年近五旬，卻絲毫不顯老態，仍以清亮的聲音談笑。

「你長大了呢，也變得更有男子氣概了。現在念R大是嗎？高石最近可好。」他口中的高石，是R大的英語講師。

「他很好，現在他正在教我們塞繆爾．巴特勒的《烏有鄉》，感覺是個做事猶豫不決的人。」我說出心中的想法後，津田先生瞪大眼睛說道：

「你嘴巴可真毒。現在就這個樣子，日後會成為怎樣的人，可想而知啊。你每天都和你哥哥兩人聯合起來說我們壞話對吧。」

「算是吧。」哥哥笑著說道。「我弟弟似乎打從一開始就不打算在R大念到畢業。」

「他是受到你的不良影響，你犯不著連弟弟也拉進來吧。」津田先生笑著應道。

「沒錯，此事我該負全責。不過他說他想當演員……」

「演員？他可真有決心啊，該不會是要當劇團演員吧？」

我低著頭聆聽他們兩人的對話。

「是電影。」哥哥很乾脆地應道。

「電影？」津田先生以怪聲驚呼。「這可是個大問題呢。」

「我也對此苦思了一番，不過弟弟似乎很清楚這條路會走得很辛苦，這才決心成為一名電影演員。他還是個孩子，實在也沒什麼明確的道理可說，不過我心想，這或許就是命運的安排吧。如果是在輕鬆的狀況下憧憬當一名電影演員，那根本就不值一提，不過，他似乎是在人生的關鍵時刻，突然想到電影演員這個職業，我認為這就像是上帝的聲音。我願意相信這小子。」

「話雖如此，但你的親人或許會反對。總之，問題不少呢。」

「親人的反對我會一肩扛下。我也是中途休學，立志當一名小說家，對於親人的反對早習慣了。」

「你不在乎，可是你弟弟……」

「我也不在乎。」我在一旁插話道。

「是嗎。」津田先生面露苦笑。「沒想到世上有你們這麼難搞的兄弟。」

「如何？」哥哥不予理會，逕自接著往下說。「有沒有哪位優秀的戲劇老師？我認為，他還是得花五、六年時間，展開基礎的課業學習。」

「沒錯。」津田先生突然顯得很帶勁。「課業還是得學習，要好好用功才行。」

「請介紹一位好老師給我們吧。齋藤市藏先生如何？弟弟好像也很尊敬他，我也認為像他這樣的傳統藝人很合適。」

「齋藤先生？」津田先生微微側頭。

「不適合嗎？津田先生，您和齋藤市藏先生是熟識吧？」

「也稱不上熟識，不過，畢竟他在我們念大學時就已經當老師了。但是對現在的年輕人來說，又是如何呢？我可以介紹你們認識，不過，之後你們打算怎麼辦？要當齋藤先生的貼身學徒嗎？」

「怎麼可能。應該是不時前去拜會，聽他講述演員應具備的決心，也想向他請教，一開始該加入哪個劇團比較適合。」

「劇團？不是要當電影演員嗎？」

「我說的電影演員是一種象徵，但並未侷限於此現實面上。總之，弟弟想成為日本第一，不，世界第一的演員。」哥哥流暢地說出我的想法。換作是我倒無法如此明確的表達。「我們想先聽取齋藤先生的意見，加入某個傑出劇團，花五年、十年來磨練演技，他已做好這樣的心理準備。日後不管是參與電影演出，還是在歌舞伎裡登臺，都不是問題。」

「準備可真周到。看來，這不是漏洞百出的春夜幻想對吧？」

「別開玩笑了。就算我自己失敗，我也希望弟弟能功成名就。」

「不，你們兩位都得功成名就才行。總之，好好用功。」津田先生大聲說道。「你們目前似乎沒有經濟上的壓力，可以耐心學習。不要白費這得天獨厚的環境哦。不過，你要當演員，真的很令人吃驚呢。總之，我先寫封給齋藤先生的介紹信，你帶著去見他。但他這個人很頑固，你們有可能吃閉門羹。」

「到時候再請您寫一封介紹信。」哥哥若無其事說道。

「芹川，你什麼時候也變得這麼厚臉皮啊。這樣的厚臉皮，要是也能出現在你的作品中就好了。」

哥哥頓時沮喪起來。

「我打算花十年的時間重寫。」

「是一輩子，這是一輩子的學習。最近可有好好寫作品？」

「嗯，感覺困難重重。」

「看來是沒寫。」津田先生長嘆一聲。「你太執著於日常生活的尊嚴了，這樣不行哦。」

儘管兩人互開玩笑，但一提到作品，連周遭人也感受得到那股嚴肅的氣氛，真是一對好師徒。寫完介紹信、我們準備告辭時，津田先生還來到玄關為我們送行。

「人不管到了四十或五十歲，痛苦還是一樣，毫無增減。」他彷彿自言自語的這番話，深深在我心中迴響。

我想，作家達到津田先生這樣的層次，果然會變得不一樣。

哥哥走在本鄉*的街道上，說道：

「本鄉感覺可真憂鬱。對我這種帝大中途休學的人來說，大學建築正是恐懼的象徵。在它面前，感覺自己變得卑微且難以忍受，甚至覺得自己像個罪犯。要去上野逛逛嗎？我不想再繼續待在本鄉了。」說到這裡，他露出落

*帝國大學（東京大學的前身）的所在地。

寞的笑容。也許是津田先生說了他幾句，令他備感落寞。

我們到上野吃牛肉火鍋。哥哥喝了啤酒，我也陪他喝了幾杯。

「不過，真是太好了。」哥哥慢慢開始有精神了。「我今天也卯足了勁呢。津田先生終於肯替我們寫介紹信了，算是相當成功。別看津田先生那樣，他其實個性也很彆扭，要是他不願意的話，可就沒轍了，怎樣也無法說動，絲毫大意不得。今天真是走運，一切進行得很順利，真不可思議。可能是因為進的態度好吧？津田先生雖然老愛開玩笑，其實他都以犀利的目光觀察所有人，就像背後另外長了一雙眼睛似的。進，你這樣姑且算是合格了。」

我咧嘴而笑。

「現在就放心還太早呢。」哥哥似乎喝醉了，說話音調出奇的高。「接下來還有齋藤先生這一關。他的個性好像很頑固，津田先生剛才不是也微微側頭遲疑嗎？我們就拿出誠意前往拜訪吧。介紹信你帶在身上對吧？讓我看一下。」

「可以看嗎？」

「可以。介紹信這種東西，就是為了持有者也可以看，才刻意不封緘。喏，沒錯吧？我們最好也先看過一遍。姑且打開來看看吧。哎呀，這也真是的，寫得太簡單了吧，光寫這些行得通嗎？」

我把信接過來看，確實寫得很簡單，通篇文章大致內容為「在此介紹吾友芹川進，望能蒙老師您親自指導」。具體事項隻字未提。

「這樣行嗎？」我漸感不安，彷彿前途再度掉入黑暗中。

「沒問題。」哥哥似乎也沒多大把握。「不過，這裡寫著吾友芹川進，這句吾友或許能打動對方。」他淨是說些敷衍的話安慰我。

「吃飯吧。」我備感沮喪。

「好。」哥哥也露出掃興的神情。

接下來，我們的對話變得很沉悶。

離開那家店時，已經日暮。哥哥提議到附近的鈴岡家坐坐，但我打算明天就去拜訪齋藤先生，為了避免齋藤向我發問時不知所措，我想早點回家，先閱讀幾本戲劇相關書籍。於是最後只有哥哥獨自前往鈴岡家，我和他在廣小路分道而行，就此返回麴町的家中。

到了晚上十點，哥哥還沒回來，或許是在下谷和鈴岡共飲吧。哥哥最近完全變成一名酒鬼了，也很少動筆寫小說。不過我還是相信哥哥，他日後一定會寫出出色的傑作。總之，他絕非泛泛之輩。

從剛才起，我便將齋藤先生自傳作品《戲劇之路五十年》攤在桌上，但連一頁進展也沒有。各種想像在我腦中交錯，我心中雖雀躍不已，但一股令人感到不適的緊張感油然而生。今後我將與現實生活展開搏鬥，一名男子漢勇猛奮鬥的英姿，已占滿我胸臆。明天的會面，不知道能否順利。這次我要獨自前往，沒任何人從旁協助。帶著這封輕率的介紹信，無法期待它能發揮多大效果。到頭來，我得獨自一人展現我的誠意，說出我心中的希望。唉，真擔心。上帝啊，請您守護我，別讓我吃閉門羹。齋藤先生會是怎樣的一位老先生呢？搞不好是位慈祥的老爺爺，笑咪咪對我說「歡迎你來啊」，不不不，不可能有這種事。不能想得這麼天真。他好歹也是日本首屈一指的劇作家，一定是雙目炯炯生輝，並有過人的臂力。不過，總不會對我動粗吧？如果真要動手打我，我當然不會同意，還會猛烈展開反擊。到時候他會說一句「小鬼，好樣的，好氣魄」，就此同意收我為徒。我看過這樣的電影，是宮本武藏那部電影嗎？唉，滿腦子胡思亂想，沒完沒了。總之，端視明天會面的表現，或許我終生的恩師就這麼定了。當真是個重要的日子。今晚該怎麼辦好？雖然想看書，卻連一頁、甚至一行都記不進腦中。還是上床睡覺吧，這似乎是最好的做法。要是一臉睡眼惺忪前去，打壞他對我的第一印象，可就得不償失了。但我實在睡不著，外頭又開始夜間施工了。仔細想想，晚上十點到早上六點這段時間，每天都在施工。長達八小時的粗重活，還不斷發出嗨咻嗨咻的吆喝聲，到底是在幹什麼呢？是從窨井裡拉出瓦斯管之類的東西嗎？聽哥哥說，那吆喝聲是工人用來趕跑自己的睏意。想到這裡，便覺得那吆喝聲聽起來怪可憐的。不知道他們的工資多少？

突然很想讀聖經。在這種無聊又煩躁的時候，最適合讀聖經。其他的書枯燥乏味，腦袋完全無法接納，這時唯有聖經中的語句能在心中產生共鳴。真的很不簡單。

我取出聖經，翻開頁面，以下語句映入眼中。

「復活在我，生命也在我。信我的人雖然死了，也必復活，凡活著信我的人必永遠不死。你信這話麼？*」

*出自聖經約翰福音第十一章。

我都忘了，我的信仰是如此薄弱。一切全交由上帝，今晚先安歇吧。我最近連祈禱都怠惰了。

願你的旨意行在地上，如同行在天上*。

四月三十日　星期天

晴。早上十點，哥哥送我到門口，我就此出發。原本想和他握手，但覺得不免太惺惺作態，就此作罷。先前到一高和R大應考時，都沒這麼緊張；到R大應考時，甚至是當天早上才猛然發現要考試，而匆匆出門。

我的人生就此啟程，今天早上真的有這種感覺，途中我在電車裡多次熱淚盈眶。我在中午一臉茫然地返回家中，只覺得筋疲力竭。

齋藤先生位於芝區的宅邸，環境清幽，是一棟縱深頗長的平房。儘管一再按玄關的門鈴，還是不見動靜。我戰戰兢兢，擔心有猛犬竄出，不過連會

*出自聖經馬太福音第六章。

跑出小狗來的動靜也瞧不出。正當我不知如何是好時，從庭園的竹籬門傳來一聲應答。

「啊！嚇了我一跳。」走出一名繫著鮮紅腰帶的少女，看起來不像女傭，應該也不是這戶人家的千金小姐。她的氣質不夠高尚。

「請問老師在家嗎？」

「這個嘛……」她回答得很模糊，臉上掛著微笑。儘管稍嫌輕浮，給人的印象還不至於太糟。或許是親戚的女兒吧。

「我身上有介紹信。」

「是嗎。」女孩直率地接過介紹信。「請稍候片刻。」

我心想目前姑且還算順利，忍不住面露微笑，誰知接下來就碰壁了。半晌過後，女孩再度從庭園走來。

「您此次來有何貴幹？」

這句話可考倒我了，這不是三言兩言能說得清楚。我總不能照著介紹信上的文句說「我是來接受老師您指導的」，這樣可就變得跟劍客一樣了。我扭捏拿不定主意，最後就此發起火來。

「老師到底在不在家呢？」

「在。」女孩笑盈盈應道。她這根本是在耍我，把我瞧扁了。

「老師看過介紹信了嗎？」

「還沒。」她若無其事應道。

「什麼？」我內心湧上想辱罵這一家人的衝動。

「他正在工作。」她以十足孩子氣的口吻說道，我一時還以為她舌頭比常人短呢。她偏著頭說：「您要不要改天再來？」

好個委婉的閉門羹，我豈會上妳的當。

「老師什麼時候有空呢？」

「這個嘛，等二、三天後，或許會有空吧。」這句話說得含糊不清。
「既然這樣，」我抬頭挺胸應道。「五月三日的這時候，我再來拜訪。到時候請多指教。」我朝少女瞪了一眼。
「是。」她很不可靠地回了一句，臉上仍掛著笑意。我突然興起一個念頭，這少女該不會是個瘋子吧。
簡言之，這次無功而返。我一臉茫然回到家中，覺得疲憊不堪，連向哥哥報告這件事都嫌麻煩。哥哥向我詢問每個細節。
「問題在於那名女子是什麼身分。她多大年紀？長得漂亮嗎？」
「這我怎麼知道，我只覺得她可能是個瘋子。」
「這怎麼可能。我看她一定是女傭，一名身兼祕書的女傭，應該是女校畢業，或許已年過十九，不，二十多歲了。」
「哥，下次換你去吧。」

「視情況而定，或許我非得親自去一趟不可，不過，目前還沒這個必要。瞧你一臉沮喪樣，其實你今天沒把事情搞砸啊。就你來說，這樣算是做得很好了。你清楚地跟對方說，你五月三日會再來一趟，光是這樣就已經很成功了。那女孩似乎對你有好感呢。」

我忍俊不禁。

「不，我是說真的。」哥哥一本正經。「這種情況和一般賞人吃閉門羹不同，你很有希望呢。如果對方是在工作中，一定會謝絕會客，但對方卻特別為了你，而想辦法要交到主人手上，儘管最後可能被夫人或其他人攔阻，沒能成功。」哥哥的解釋著實天真。「一定是這樣。所以下次你別光瞪著那個女孩瞧，要對人家和善一點，還要好好行禮問候。」

「糟了！我今天沒摘下帽子。」

「就說吧。連帽子也沒摘，就只是瞪著人家看，一般來說，都會直接報警。好在那女子明理，你才逃過一劫。下個月三號，你可要好好注重禮儀啊。」

但我已深感絕望。藝術之路也和普通的上班族一樣，會嘗遍一般的艱苦，此事我老早便做好心理準備，所以不會為了這點小事而懷憂喪志。不過今天從齋藤先生的宅邸返家路上，我深切明白自己有多渺小、多麼沒沒無聞，不覺討厭起自己。齋藤先生和我實在是天差地遠。我一直都沒發現，我們之間竟然存在著像浮雲與雜草般的距離。之前還以為，我要是向他喚一聲「嗨」，他可能也會回我一聲「嗨」。這是何等天真啊。今天，我覺得那個人和我們就像是不同的人種。有句話說「有些事就算再努力也達不到」，這世上就是有再怎麼努力也做不到的事，想到這裡便覺得厭煩。「成為日本第一」的理想頓時飛到九霄雲外。為了讓自己變偉大而做的努力，愈來愈顯得愚蠢。我實在沒能耐像齋藤先生這樣，建造出如此富麗堂皇的城堡。

晚上哥哥拉著我去紅磨坊新宿座*看戲。無趣極了，一點都不好笑。

*日本二戰前後期間開設於東京新宿的一座大眾劇場。

五月三日 星期三

晴。我向學校請假，拖著沉重的步伐前往位於芝區的齋藤先生宅邸。用沉重的步伐來形容一點都不誇張，我的心情真的很鬱悶。

不過，今天的情況並不算太糟。不，其實也沒多好，或許還算不錯。

齋藤先生的宅邸大門前停著一輛汽車。我正準備按下玄關的門鈴時，玄關內突然傳來一陣喧鬧，只見玄關門由內開啟，冒出一名瘦小的老先生，快步從我面前走過。是齋藤先生。我正準備隨後跟上時，看見前幾天那名女子拿著皮包和手杖，匆匆忙忙走出玄關喚道：

「哎呀！老師正準備出門呢。你來得正好，你自己跟老師說吧。」

我摘下帽子，微微向那名女子行了一禮，接著馬上朝齋藤先生後方追去。

「老師！」我叫喚道。齋藤先生沒轉頭，逕自快步走上停在門前的汽車。我跑向車窗邊。

「這是津田先生的介紹信……」我話說到一半，他轉頭瞪了我一眼，低聲道「上車」。

我心中暗自叫好，打開車門，一屁股坐向齋藤先生身旁。啊，或許坐駕駛身旁才符合禮儀，但這時才刻意換座位，也太難為情了，我索性維持原本的姿勢，靜坐不動。

「太好了。」女子從車窗將皮包和手杖遞給齋藤先生，一樣一臉開心地笑著，來回打量著我和齋藤先生說道「上次他可是氣沖沖地回去呢」。

齋藤先生不悅地擠出眉間的皺紋，不發一語。果然很可怕。我不禁心想，剛才應該坐前座才對。

「開車吧。」

汽車往前駛離。

「請問要去哪兒？」我問。齋藤先生沒搭理。過了五分鐘後，他才以低沉的語調說道「去神田」，聲音無比沙啞。他就像一名老牌演員，容貌端正。接著又是一陣沉默，教人渾身不自在。壓力一分一秒持續增加，如坐針氈。

「你……」他以幾乎聽不見的低沉嗓音說道。「不該就那樣生氣離去。」

「是。」我不自主地低下頭。剛才真應該坐前座的。

「你和津田是什麼關係？」

「是，我哥哥寫的小說，都會請他審閱。」我如此說道，但也不知齋藤先生有沒有在聽，他一直沉默不語，沒半點反應。半晌過後——

「津田寫的信，還是一樣寫得不清不楚。」

果然不出所料。就那樣寥寥幾句，根本不知道要表達什麼。

「我想當演員。」我直接說出結論。

「演員。」他不顯一絲驚訝。說完這句話後，又是一陣沉默，這令我備感焦急。

「我想加入好的劇團，認真學習。請告訴我，什麼樣的劇團比較好。」

「劇團。」他低語一聲後，又是一陣沉默。我實在受夠了。「好的劇團……」他又低語一聲，接著突然怒吼道：「根本就沒這種東西。」

我大為吃驚，很想向他說聲失禮了，就此下車。此刻我連話都說不好。這就是所謂的傲慢嗎？真令人不知所措。

「沒有好的劇團嗎？」

「沒有。」他顯得神色自若。

「這次好像會在鷗座上演老師您的《武家物語》呢。」我試著轉移話題。

他沒回答。低頭忙著修理皮包的釦環鬆脫處。

「那裡……」在意想不到的時刻，他突然冒出這句話來。「正在招募學員。」

「是嗎？您認為我應該加入那裡嗎？」我很感興趣地詢問。終於聊到正題了。

他沒回答。

「還是不行嗎？」

沒回答。他一直在處理手中的皮包。

「任何人都可以自行前往應徵嗎？」我刻意像在自言自語似地說道。

他沒任何反應。

「會有考試嗎？」這次我向他靠近，加重語氣問道。

看來，他終於修理完皮包了。他望向窗外。

「不知道。」他說。

我已經不想再多問了。汽車在駿河台的M大學前停下。仔細一看，M大學的正門立著一個大型看板，上頭寫著「齋藤市藏老師特別演講」。

我正準備下車時，齋藤先生問我：

「你要在哪裡下車？」

我心想，他這句話的意思，難道是我可以借這輛車一路坐回家嗎？

「麴町。」我戰戰兢兢地應道。

「麴町。」齋藤先生思考片刻後說了一句「太遠了」。我想他的意思是「不行」，於是我馬上下車。

照這樣子來看，如果再近一點的話，他可能就會載我一程，總之，真是位懂得精打細算的老先生。

「在下告辭了。」我大聲喚道，很客氣地行了一禮，但齋藤先生頭也沒回，快步走進門內。這個人真不簡單。

我坐上市電，直返家門。哥哥早已等候多時，仔細詢問今天的會面經過。

「真是位遠勝於傳聞的奇人啊。」哥哥也面露苦笑。

「他一定不太正常。」我說。

「不，不是這樣，他很正常。以世界級文豪自詡的人，就得像這樣，有點怪癖才行。」哥哥果然是天真了點。「不過你也都挺了下來，不容易啊。沒想到你也有臉皮厚的一面，這算是初生之犢不畏虎，非常成功，可說是歪打正著，也許他對你抱持好感也說不定。」

「說什麼傻話，他完全不跟我說話，感覺怪陰森的。」

「不，他確實對你有好感。肯讓你一起坐車，就非比尋常了。我想，應該是那名女子巧妙替你居中牽線吧。而津田先生的介紹信，或許背地裡也發揮很大的影響力。好不容易請他幫我們寫介紹信，不能說他壞話。現在細想，我覺得那是很棒的介紹信，算是踏出了成功的第一步。接下來，我們打電話到鷗座，詢問招募學員的事吧。」哥哥在旁邊一頭熱。

「可是，他又沒說鷗座好。」

「也沒說不好吧？」

「就只是說他不知道。」

「這樣就夠了。我明白齋藤先生的心情，他是吃過苦的人，他的意思是要你從基礎開始，穩穩地走好每一步。」

「是這樣嗎。」

我們費了好大一番工夫才找出鷗座事務所的電話號碼。哥哥打電話給他一位在銀座售票處工作的朋友，請他代為調查，最後好不容易才查出。

「好了，接下來你全部得自己處理。」哥哥如此說道，將話筒遞給我。

我緊張萬分。

打電話給鷗座事務所後，一名女子接聽，也許是知名的女演員也說不定，說起話來語氣自然，不帶半點討好，以口齒清晰的話語詳細告訴我細節。要帶自己親筆寫的履歷表、家長同意書，兩者各一份，格式不拘，此外還要附上三吋的半身近照一張，在五月八日前提交事務所。

「五月八日？那不就快了嗎？」我的心噗通噗通直跳，聲音變得沙啞。

「那考試呢？」

「九日在新富町的研究所舉行。」

「咦。」我發出奇怪的聲音。「幾點開始？」

「下午一點整，請在研究所集合。」

「科目呢？考什麼科目？會是怎樣的考試？」

「請恕我無可奉告。」

「咦。」我又發出一聲怪叫。「謝謝您。」我掛上電話。

我大為吃驚，五月九日，那不就只剩不到一個禮拜的時間嗎？我什麼都還沒準備。

「應該是很簡單的小考試吧。」哥哥悠哉地說道，但我總覺得沒這麼簡單。我今後非得成為日本第一的演員不可。而就在我朝戲劇的世界跨出第一步時，要是寫下不合適的答案，那將會成為我一生無法抹滅的汙點。我非得展現出最好的成績不可，而且還要遙遙領先。這和學校考試不同。學校考試與我未來的生活未必有直接的關聯，但這次的考試卻與我最好的生存之道關係緊密，要是失敗，我將無路可走。學校考試就算失敗了，還能說一句「這沒什麼，反正我還有其他更好的路可走」，多少仍保有些許從容和自尊，但這次的考試容不得我說一句「沒什麼」。我已沒別的路可走，什麼都沒有了。這不就是我最後的王牌嗎？實在不能再繼續悠哉下去了，我整個人正經起來。雖然沒什麼自信，但我就像齋藤市藏老師的弟子一樣。或許他沒拿我當一回事，但我決定接下來就這麼認為，並好好看重我自己。畢竟我們同車過，所以不能寫出差勁的答案，這關係著齋藤先生的臉面。可惡啊。有一天我一定要讓齋藤先生刮目相看。要是齋藤先生能說一句「《武家物語》裡重兵衛的角色，非芹川莫屬」，那會是多令人高興的事啊。不，現在不是沉溺於甜美幻想的時候，我得以遙遙領先的優秀成績通過考試才行。

今晚我將之前買來的參考書全部疊在書桌上。

普多夫金《電影演員論》、科克林《演員藝術論》、泰羅夫《解放的戲劇》、岸田國士《近代劇論》、齋藤市藏《戲劇之路五十年》、巴盧哈特《契訶夫的擬劇論》、小山內薰《戲劇入門》、小宮豐隆《戲劇論叢》，還有《築地小劇場史》、《導演論》、《電影演員術》、《導演筆記》，以及哥哥借我的《花傳書》、《演員論語》、《申樂談義》，將近二十本參考書，我打算在九號前大致讀過一遍；接著也準備背一些英語、法語的單字。

得好好用功才行。待會我打算把科克林的《演員藝術論》和齋藤先生的《戲劇之路五十年》讀完。

明天得跑一趟照相館才行。

五月八日　星期一

雨。請假沒去上學。我現在腦中一片混亂，真不知道這寶貴的一星期我是怎麼度過的，儘管到了學校，也還是靜不下心，明明什麼事也沒發生，卻嬉皮笑臉。回到家後，就只一味忙著整理房間，參考書一本都沒看，盡是窩在房裡浮躁地動來動去，心情變得愈來愈慌亂，儘管此刻寫著日記，手卻在發抖。換言之，此時的我緊張、膽怯、嚴肅、腦袋一片空白、一顆心七上八下、頻頻跑廁所，雖想著「好，接下來要好好用功了」，精神抖擻地回到房間，卻又只是忙著整理房間。真是不可原諒，太沒用了，我就是靜不下心來。想說想寫的事明明多得數不清，我卻情緒高漲，滿心雀躍，坐立不安，只是一直忙著整理房間，將這頭的東西搬往那頭，再把那頭的東西搬往這頭，同樣的事一再反復，自己一個人忙得團團轉。說來慚愧，就連聖經也發揮不了作用。從今天早上起，我三度翻開聖經，但沒半個字進入我的腦袋裡。太慚愧了，我沒救了，上床睡覺吧。傍晚六點，我甚至想誦唸阿彌陀佛，基督和釋迦牟尼全攪和在一起。

小睡一會兒後，我猛然彈跳而起。太陽下山後，我心情平靜些許。我望著昨天照相館寄來的三吋照片，同樣的照片一次寄來三張，我從中挑選臉部膚色微黑，帶有立體暗影的一張，連同履歷表一同以快遞寄往研究所。為什麼我的臉會像薤白一樣單調平板呢？我皺起眉頭，想做出複雜的表情，才剛擠出幾道皺紋，旋即又消失。我讓嘴角下垂，想在鼻子兩側擠出深邃的皺紋，還是做不出來。也許是我的嘴太小，嘴型沒彎曲，倒是往前噘了起來。然而不論我再怎麼噘嘴，還是呈現不出一張帶有立體暗影的臉，只看到一張傻氣的臉。

「你這張臉不適合當演員。」在明天的考試中，要是對方清楚對我做出這樣的宣告，那該怎麼辦？我會馬上變成一具「行屍走肉」，成為一個就算活著也沒任何意義的廢人。唉，我真有戲劇的才能嗎？明天將決定一切。我又想開始整理房間了。

哥哥走來問我「你上理髮店了嗎」。我還沒去。

我在雨中匆忙趕往理髮店。真是太糟糕了。在理髮店內，我聽到德弗札克的《來自新世界》，是收音機廣播，這是我喜歡的曲子，但現在沒心情聽。如果是狂亂敲打著高臺大鼓這樣的樂器，這種音樂或許反倒更符合我此刻焦躁的心情。不過，就算找遍全世界，大概也沒這種音樂吧。

從理髮店回來後，在哥哥的建議下，我練習說幾句臺詞，是《櫻桃園》＊裡商人樂百軒的臺詞。

哥哥提醒我注意許多細節。要用自己的聲音自然說話，多用丹田的力量，口齒要清晰，盡量少晃動身體，別頻頻收下巴，嘴巴一帶的肌肉再放輕鬆點。這句話戳中我的痛處，因為我太刻意讓自己嘴角下垂。

「SA、SI、SU、SE、SO這幾個音，你好像發不好呢。」又戳中我的痛處。我自己也隱約感覺到了，是因為舌頭太長的緣故嗎？

「我信口胡言，你別見怪啊。」哥哥笑著道。「你表現得很好，跟我相比，一點問題都沒有。不過，明天是要在專業演員面前表現，所以今晚我試著對你嚴格批評一番，督促你繃緊神經。放心，你表現得很好。」

我也許沒救了，思緒一片紛亂，感覺日記也寫得和平常不太一樣。確實連心情也變得不一樣，不，心情不一樣，就表示精神失常。我或許還不至於

＊俄國劇作家安東・契訶夫的最後一部劇作。

到精神失常的地步，但今晚確實不太尋常，連文章也寫得七零八落，當真是心亂如麻。

怎麼能為了這種事折騰成這樣呢。明天……不，現在已經過午夜十二點，所以算是今天，今天下午一點有一場考試，就算想做點什麼來彌補，也已經無技可施，無能為力，就將鋼筆裝滿墨水，準備上床睡覺吧。仔細想想，明天的考試要是沒考上，我就只有死路一條了。我雙手發顫。

五月九日　星期二

晴。今天同樣向學校請假。因為是重要的日子，也是沒辦法的事。昨晚我老做夢，夢見自己在衣服外面穿著一件貼身襯衣，真是顛三倒四，光怪陸離，很不吉利的夢，感覺很觸楣頭。

不過今天出現最近難得一見的好天氣。九點起床，好好洗了個澡，十一點半出發。哥哥沒到門口送我，他似乎認定我絕對沒問題。先前去齋藤先生家拜訪時，哥哥明明比我還緊張，心裡滿是牽掛，今天倒是顯得一派悠閒。難道他認為，比起考試，齋藤先生反而才是重要的關卡？像學校入學考之類的考試，哥哥都不當一回事，感覺他有這樣的傾向。也許是因為他沒嘗過入學考落榜的苦頭。不過，當哥哥認為我沒問題、樂觀看待這件事時，我要是低分落榜，反而會更加痛苦、尷尬。或許他可多為我擔心一點，因為我有可能再度落榜。

出發的時間有點早，很快就看到新富町的研究所所在地，位於一棟公寓的三樓。我剛過正午便抵達該處。我想查探一下情況，試著敲了敲門，但沒人應聲，屋內似乎空無一人。我打消念頭，來到外頭。

一個暖陽高照的春日。我前額微微出汗，很想喝點冰涼的飲品，於是我走進昭和通的一家小餐館，喝了杯蘇打水，順便吃了一盤咖哩飯。也稱不上餓，就只是感到不安，沒吃點東西實在難受。填飽肚子後，我的腦袋逐漸變得昏沉，焦躁的心情也略微平復。走出店外，信步來到歌舞伎座前，欣賞圖畫看板，接著再次折返回新富町的研究所。

剛好一點整，我走上公寓的階梯。有人來了，約二十個人。不過，怎麼個個都是臉上毫無生氣的傢伙呢。有五名學生，三個女人。女人長得真醜，看來永遠都只能當貝姨*這種角色；其他人則全都身穿西裝，約三十歲左右，看起來都因忙於生活而一臉疲態；還有一位表情看起來跟藝術完全沾不上邊，活像是店家掌櫃的四十多歲男子。感覺真不可思議，大家都很安分地垂眼望著地面，倚在走廊的牆上，或站或蹲，不時低聲交談，氣氛無比陰沉。一時間讓人懷疑這裡是輸家的集散地，連我也跟著悲慘起來，想到這些人就是我今天的競爭對手，不由得失望透頂，似乎還沒上場開打，就已經鬥志盡失。倘若我是考官，看到這種陣仗，馬上會宣布全部落選。想到之前的

*出自法國作家巴爾札克的作品《貝姨》（*Cousin Bette*），直譯為貝姨表妹。

興奮和緊張，不禁一股無名火升起，只覺得自己被耍了。

接著，從事務所內走出一名中年婦人，開口道「接下來會發號碼牌」。我記得這個聲音。是一個禮拜前我打電話來詢問時，口齒清晰地對我說「下午一點整」的那名女性。她的聲音真的很美，我還以為是女演員，不過，女人並不是光憑聲音來判斷。她穿著一件寬鬆的褐色夾克，別說女演員了，根本就……算了，不提也罷。她並未覺得自己是美女，而以此自滿，如果我再對她的容貌說三道四，那可就罪過了。總之，她是個四十歲左右的中年婦人。

「接下來我會唱名，麻煩各位應聲。」

我是三號。沒來的人也不少，點了約莫四十個人的名字，只有半數出席。

「那麼，一號請進。」

終於要開始了。一號是名女子，在中年婦人的帶領下，無精打采地走進門內，沒半點朝氣可言。研究所內似乎分成兩個房間，一間是事務所，更裡面似乎是充當練習場，考試就在練習場舉行。

聽到了。是朗讀戲曲，太好了！唸的是《櫻桃園》，未免也太走運了吧。我從以前就擅長朗讀《櫻桃園》，而且昨晚才練習過。這下就沒問題了，儘管放馬過來吧！我頓時勇氣百倍，不過話說回來，那名女子的朗讀也太差勁了，從頭到尾一個音調，而且只會照本宣科。她多處停頓，還不時重唸，這樣鐵定落選，一定會被刷掉。實在很滑稽，我暗自竊笑，但其他人卻不顯半點笑意，神情木然，就像睡著一般。

「二號請進。」

一號似乎已經考完了，真快，難道沒筆試？下一個就是我了，我不禁雙腳發顫，感覺就像待在醫院，接下來準備接受大手術，正等候護士前來叫喚。我突然很想上廁所，急忙跑了一趟廁所，甫一回來，正好點到我。

「三號請進。」

「是。」我不自主地高高舉起右手。

事務所內既狹窄又單調，我頓時感慨良深，心想，鷗座的華麗計畫就是從這種地方孕育而生的嗎？

一號與二號幾乎在同一時間考完。我來到事務所那名中年婦人的桌前，接受幾個簡單的提問。她淺淺地坐在椅子上，朝桌上的照片及我的臉來回打量。

「你今年幾歲？」她問。感覺有點輕侮，於是我反問道：

「履歷表上沒寫嗎？」她頓顯慌張。

「有，不過……」她往前彎腰，靠向我那份攤開在桌上的履歷表細看。

看來她有近視。

「我十七歲。」我如此說道，接著她像鬆了口氣似地抬起臉來。

「已確實取得家長同意了吧？」

這問題聽來真不舒服。

「那當然。」我略微慍火地應道。妳又不是考官，老問一些沒必要的事幹嘛。想必是逮著了機會，想偷偷擺出考官的架子，好好耀武揚威一番。

「那麼，請進。」

她帶我進入隔壁房間。裡頭原本一陣鬨鬧，我一走進後，立刻鴉默雀靜，五名男子不約而同抬頭望向我。

只見五個人一字排開，面朝我並排而坐，共有三張桌子，個個都是我在照片上看過的面孔。坐正中央的那名肥胖男子，肯定是最近當紅的劇作家兼導演——橫澤太郎；其他四人好像是演員。我在入口處顯得忸怩，橫澤以粗俗的語氣大聲喚道：

「到這邊來，接下來這位稍微優秀點了吧？」

其他考官們皆嘴角輕揚，整個屋裡的氣氛，感覺低俗又下流。

「你念哪所學校？」大可不必這麼趾高氣昂地說話吧？

「R大。」

「今年幾歲？」問得我都煩了。

「十七歲。」

「已獲得令尊的同意嗎。」就像在對待罪犯一樣，我漸感火冒三丈。

「我沒父親。」

「過世了嗎？」看起來像是演員上杉新介的考官，像在一旁打圓場，語氣溫柔地詢問。

「同意書上應該有註明。」我板起臉應道。這就是考試？簡直令人咋舌。

「一身傲骨呢。」橫澤嬉皮笑臉地說道。「大有可為，對吧？」

「你要報考演藝部還是文藝部？」上杉以鉛筆輕敲自己下巴，如此問道。
「什麼意思？」我聽得一頭霧水。
「要當演員？」橫澤又以他的大嗓門說道。「還是要當編劇？你選哪一個？」
「當演員。」我不假思索地應道。
「那麼，我問你。」看不出他是認真還是開玩笑，橫澤怎麼會人品這麼糟糕呢？不僅面相欠佳，連服裝也一樣，穿著日式便服，一副邋遢樣。日本數一數二的文化劇團「鷗座」，竟是由這樣的貨色當指導者，一想到這裡我就沮喪萬分。他肯定都只顧著喝酒，一點都不曾自我精進。他噘出下唇，沉思片刻後，不疾不徐地發問。
「演員的使命為何！」好你個蠢問題，我為之一驚，差點笑出聲來。根本就是隨便想出的提問，完全暴露出提問者是個草包，我根本無從回答。

「這問題就像在問『人類是抱持何種使命降生在這世上』，如果是那種講得煞有介事、昧著良心的回答，說再多都不成問題，但我想坦白說一句，我目前還不清楚這樣的使命為何。」

「你這回答可真怪。」橫澤是個很遲鈍的人，他以輕鬆的口吻如此說道，從菸盒裡取出一根香菸，叼進口中，向一旁的上杉問道「有火柴嗎」，點燃菸，接著道：「演員的使命，對外是教化民眾，對內則是擔當團體生活的模範。不是嗎？」

我為之傻眼，甚至覺得，落選反而還比較光榮。

「這話不僅限於演員，只要是教化團體內的成員，每個人都必須留心此事，所以就像我剛才所說的，如此煞有介事的抽象話語，說再多都不成問題。而這全是違心之言。」

「是嗎。」橫澤完全不以為意。看到他如此粗神經的一面，我甚至對他產生了一些好感。「這樣的想法倒也挺有意思的。」根本就鬼扯一通。

「那就請你朗讀吧。」上杉刻意擺出高尚的姿態說道。他的態度就像貓一樣，帶有一股陰柔的敵意，我覺得他比橫澤更難對付。

「讓他朗讀什麼好呢？」上杉以畢恭畢敬的口吻探詢橫澤。「聽說他的程度頗高，所以……」竟然用這種惹人厭的說法口吻！真卑劣！他是這世上最罪大惡極的那種人。難道這就是飾演那位「凡尼亞舅舅*」，號稱日本第一男星的上杉新介的真面目？未免也太不堪了吧。

「浮士德！」橫澤喊道。我內心一沉。如果是《櫻桃園》，我很有自信，但浮士德我一點都不拿手，我甚至連浮士德都沒讀完過。完了，我鐵定落選。

「請朗讀這個部分。」上杉將紙本遞給我後，以鉛筆指出我該朗讀的段落。「請先默唸一遍，等你有把握後再開始朗讀。」這種說話口吻感覺一肚

*《凡尼亞舅舅》一書中的主角。本書是俄國作家契訶夫所寫的劇本。

子壞水。

我開始默唸。好像是沃普爾吉斯之夜*的場景，是梅菲斯特的臺詞。

老先生，你再不抓緊岩石的肋骨，
將會被吹落谷底。
眼下迷霧重重，夜色濃重。
你聽那森林的樹木傾軋的聲響。
貓頭鷹受驚飛竄。
你聽。那亙久常綠的宮殿圓柱
正崩塌碎裂。
樹枝斷折，嘎吱作響。
樹幹轟轟怒吼。

*廣泛流行於歐洲中部和北歐的一種傳統春季慶祝活動，慶祝活動通常是篝火晚會和舞蹈演出。

樹根隆隆呼號。
一路往下交纏堆疊，
盡皆斷折落地。
而這屍橫遍野的山谷上空，
吹過陣陣颼颼寒風。
那高處、
遠處、近處的聲響，你是否能聽見？
駭人的魔法歌聲響起，
撼動山崗。

「我無法朗讀。」我大致默唸了一遍，梅菲斯特的低語令我感到不適。

颼颼、嘎吱這種讓人不舒服的擬聲語過多，聽來宛如惡魔之歌，感覺不健康，又令人反感，我實在提不起勁朗讀。就算落選也無妨，「我唸其他地方。」

我隨手翻動紙本，發現一處不錯的篇章，就此高聲朗讀。那是第二部中，浮士德在一個鮮花遍野的早晨醒來的場景。

向上望去，山嶽的崢嶸峰頂，
已在宣告壯麗無比的時刻來臨；
山峰先浴著永恆的光明，
然後陽光向下普照我們眾生。
這時阿爾卑斯山坳的綠色牧場，
承受著新的麗天輝光，
而且分層逐段地下降——

紅日升空了！——可惜耀目難當，
雙眼刺痛，我只好轉向另外一方。
這好比朝夕祈禱的希望，
一旦達到最高的理想，
實現之門已洞然開敞；
可是從那永恆光源發出過量光芒，
卻使我們瞠目結舌，無比驚惶：
我們誠然要把生命的火炬點燃，
而包圍我們的卻是茫茫火海無邊！
是愛？是恨？環繞在我們身畔，
亦苦，亦樂，交替著不可言傳，
於是我們又只好回顧塵寰，

隱身在這濛濛晨霧中間。
讓太陽在我背後停頓！
我轉向崖隙迸出的瀑布奔騰，
凝眸處頓使我的意趣橫生。
但見迂迴曲折洶湧前趨，
化成數千條水流奔注不止，
泡沫噴空，灑無數珠璣，
風濤激蕩，有彩虹拱起，
繽紛變幻不停，多麼壯麗，
時而清晰如畫，時而向空消失，
向四周擴散清香的涼意。
這反映出人世的努力經營。

你仔細玩味，就體會更深：

人生就在於體現出虹彩繽紛。*

「漂亮！」橫澤率直無邪地誇讚。「滿分。兩、三天內會通知你結果。」

「沒有筆試嗎？」我大感意外，如此詢問。

「你少在這裡口出狂言！」坐在末座的一名個頭嬌小的演員，似乎是伊勢良一，他朝我吼道：「你是來這裡鄙視我們的嗎？」

「不。」我大受驚嚇。「因為筆試也……」我連話都說不好。

「你說的筆試，」上杉臉色略微發白，如此回答道。「因為時間關係，暫不舉行。光憑朗讀就能大致了解考生的程度。我可先跟你說一聲，你以後要是這樣對臺詞挑三揀四，包你前途黯淡。當一名演員，最重要的資格不是才能，而是人品。雖然橫澤先生給你滿分，但我給你零分。」

*摘錄自董問樵譯本。

「這樣的話……」橫澤似乎完全不以為意，嬉皮笑臉地說道。「平均是五十分。好了，你今天就到這兒吧。喂，下一位，四號！」

我微微行了一禮，就此退下，不過我心裡大為得意。因為上杉雖然自認是在責備我，但這樣反而是一種宣告，表示他認同我的才能。「最重要的資格不是才能，而是人品。」他這番話的意思，是說我現在欠缺的是人品，至於才能倒是相當完備，不是嗎？我自認對自己的人品相當懂得要求，也常自我反省，所以要是別人誇我人品好，我反而會覺得不自在，而不會特別開心，就算遭人誤會，說我壞話，我也會心想「等著瞧吧，以後你就會明白」，顯得無比從容。不過我覺得才能完全是上天所賜，有其可怕的一面，不管再怎麼努力也望塵莫及。而這位日本首屈一指的新劇演員不小心替我打包票，說我有才能。啊～這教人想不開心都難。真是太好了，我確實有才能。雖沒有人品，但有才能。上杉無從判定我的人品，這是不值得採信的判定。他沒有判定的資格。不過對於才能的判定，他的準確度比橫澤還要高上幾個檔次呢。誠所謂「術業有專攻」，演員的才能，只有演員才知道。真高興，他說我有當演員的才能，我實在忍不住嘴角上揚啊。就算落選也無所謂了，感覺就像斬下妖怪的首級立了大功，我意氣風發地返回家中。

「不行、沒希望了。」我向哥哥報告此事。「鐵定落選。」

「搞什麼，看你挺高興的啊。應該不至於落選吧。」

「不，沒希望。戲曲朗讀我得了零分。」

「零分？」哥哥也轉為正色道。「真的假的？」

「他們說我人品不行，不過才能方面……」

「你怎麼還笑得出來。」哥哥略顯不悅。「得了零分，沒什麼好高興的吧。」

「不過，還是有值得高興的地方。」我詳細將今天考試的情形告訴哥哥。

「那你合格了。」哥哥聽完我說的話之後，這才平靜下來，如此斷言。「你肯定不會落選。這兩、三天內就會寄來合格通知書。不過，這劇團還真教人覺得不舒服呢。」

「是不怎麼樣，落選反而還比較光榮呢。就算我合格，我也不想進那個劇團。我可不要和上杉一起學習。」

「說得也是，實在令人有點幻滅。」哥哥落寞地莞爾一笑。「如何，要不要再去齋藤先生那裡和他談談？就坦白說你不喜歡那種劇團，坦率說出你的感覺。要是老師說，每個劇團都是那樣，你忍著點，那就算了，還是加入劇團。不過他也許會介紹你其他好的劇團。總之，你去應考的事，還是先向他報告一聲比較好。你覺得怎樣？」

「嗯。」壓力真沉重。齋藤先生很可怕，我總覺得這次會被他臭罵一頓。不過還是非去不可。除了前去接受他的下一步指示外，別無他法。拿出勇氣來吧，我不是擁有當演員的過人才能嗎？我已經和以前的我不一樣了。拿出自信，向前邁進吧。一天的難處一天當就夠了*。我頓時湧起這樣的感覺。

吃完晚餐後，我關在房裡，寫下一整天的長篇日記。今天我明顯是個大人了。「發展！」一詞直逼我胸口而來，同時深切地感受到，身為人是無比尊貴之事。

五月十日　星期三

晴。早上醒來後，發現一切全變得不一樣，之前的興奮已完全退去，只剩下嚴肅的心情，不，或許是一種近乎焦躁的心情。之前的我肯定是瘋了，沖昏了頭。搞不懂我為什麼會滿心雀躍，得意忘形，老做一些像在冒險的怪

*語出馬太福音第六章。

事。不過，說來也真奇妙。今天早上，我從那漫長又可悲的夢中醒來後，就只是眨著眼睛，側著頭感到納悶。從今天早上起，我成了一個普通人。不管再怎麼巧妙地加減乘除，我這一．○的存在，就像立於河中的木樁般，難以撼動，真是掃興。今天早上的我，就像靜靜佇立的木樁般嚴肅，心中不帶半點光華，這是怎麼回事？我到學校去，每個學生看起來都像十多歲的小毛頭。我常想到這些學生們的父母，而不像平常那樣對他們興起一種鄙視之心，也沒半點憎恨之情，只是微微感到一絲憐憫，比對成群麻雀的同情還要平淡。而且這絕非足以撼動我內心的強烈情感，是極度的掃興，絕對的孤獨。過去所嘗過的孤獨，算是所謂的相對孤獨，太過在意對手的一切，且因這樣的反作用力而不得不擺出的孤獨姿態。但我今天的感覺不同以往，我對任何人都不感興趣，對一切都感到厭煩。這種心情，簡直可以不費吹灰之力就出家遁世，人生中竟有如此不可思議的早晨。

這就是所謂的幻滅。我很不想用這個字眼，但似乎也找不到其他適合的字眼了。幻滅，而且是如假包換的幻滅。我對大學感到幻滅——以前我似乎曾情緒激昂地寫過這樣的話，但如今仔細想來，那不是幻滅，是憎恨、敵意、野心所燃起的熱情。真正的幻滅，其實沒那麼積極，就只有茫然，以及茫然的嚴肅；我對戲劇幻滅。唉，我實在不想這麼說！但我覺得這似乎是事實。

自殺。今天早上我冷靜下來，思索著自殺。真正的幻滅，是會讓人為之痴傻或自殺的一種可怕妖魔。

我的確感到幻滅，無從否認。不過，對生存的最後一條生路感到幻滅的男人，到底該如何是好？對我來說，戲劇原本是我唯一的生存意義。

別想蒙混，好好深入思考吧。我並不認為戲劇是無意義的事，我怎麼可能會覺得它無意義呢。要是我覺得它沒有意義，應該會感到憤怒，而很不屑地與其切割，帥氣地改走其他道路。但我今天早上的心情卻完全不是這麼回事。那是空虛，覺得一切都無所謂了。戲劇，想必是很了不起的東西吧；演員，啊，想必也很棒吧。但我完全動不了。明顯出現了縫隙，從中吹來冷風。第一次到齋藤先生家拜訪，吃了一頓委婉的閉門羹返回家中時，也是類似的感受。與其說世人愚蠢，倒不如說活在這世上認真努力的我，才是愚不可及。很想獨自處在黑暗中加以嘲笑一番。世上根本沒有理想可言，每個人都活得很小家子氣。我益發覺得，人活著根本只是為了糊口，著實無趣。

放學後，我信步繞往足球社的社團教室。我也曾想過加入足球社，什麼也不想，只要專心踢球，當一個平凡的學生，懵懂度日。足球社的社團教室裡空無一人，也許是去集訓所了。要我前去集訓所拜訪，我可沒那樣的熱情，於是我打道回府。

回家後，鷗座的快遞送達。我合格了。通知書上寫道：「此次審查結果，共有五名學員合格，你也是其中之一，明天傍晚六點請到研究所一趟。」我一點都不開心，我的心情平靜得出奇。當初收到R大合格通知書時，還比這次來得高興。我已不想為了當演員而學習，昨天上杉認同我有當演員的天分，光是這樣，我就像斬下妖怪的腦袋立下大功般喜不自勝，但早上醒來時，卻連那分喜悅也消淡成灰色。我很認真地重新思考這一切，心想，「什麼嘛，才能這種東西根本就不能指望。看來還是人品比較重要。」這種心情的急遽轉變，究竟是從何而來呢？是贏得愛情的人所感受到的虛無嗎？就像昨天接受鷗座面試時，我在無意識中選讀的那句浮士德臺詞「實現之門已洞然開敞；卻使我們瞠目結舌，無比驚惶」，我過去所憧憬的演員身分，眼看如此輕易就能取得，反而令我感到厭倦是嗎？

「進，你雖然合格，看起來卻悶悶不樂呢。」哥哥也如此說道。

「我在思考。」我很認真地回答。

今晚我和哥哥展開一場很沒意義的討論，我們討論何種食物最好吃。我們相互展現出饕客般的姿態，聊到最後得到的結論卻是鳳梨罐頭的湯汁；桃子的罐頭湯汁也很可口，卻沒鳳梨汁那種清爽口感。鳳梨罐頭其實不是吃它的果實，而是只喝它的湯汁。

「如果是鳳梨汁，我可以輕鬆喝下一大碗。」我說。

「嗯，」哥哥也點頭表示贊同。「裡頭再加上冰塊，喝起來更可口。」哥哥也想著這種蠢事。

聊完食物後，漸感飢腸轆轆，我們兩名饕客悄悄遛進廚房，做了飯糰來吃，美味極了。

虛無與食欲似乎有著某種關聯。

哥哥正在隔壁房間寫小說，好像已寫了五十多張稿紙。聽說他預定要寫兩百張，是以「開始降雪時」作為開頭的一部淒美小說。我只看了約十張左右。哥哥說，等他寫好小說，就要去參加文學公論提供獎金的小說徵文比賽。哥哥以前明明很瞧不起提供獎金的徵文比賽，現在是怎麼了？

「你參加徵文獎金的比賽，不是降低自己的格局嗎？這樣糟蹋了你的作品。」我說。

「得獎了就有兩千日圓，如果沒錢可拿，寫小說不就像在幹傻事嗎。」他露出低俗的表情如此說道，哥哥最近酒喝得凶，我擔心他已經墮落。

不論望向何處，理想依舊淪喪。

今晚覺得特別睏。

五月十一日　星期四

陰。風強。今天略顯充實。昨天的我簡直就是個遊魂，但今天我是踏實過生活的人。學校的聖經課很有意思，每個禮拜都有一堂寺內神父的特別講座，我一直很期待這堂課。上上個禮拜四的課也很有趣，談的是《最後的晚餐》相關研究，神父以圖解的方式為我們詳細解說參與晚餐的十三人，各自在餐桌上坐哪個位置。據說這十三人全是以躺臥的姿勢就座，令我大感吃驚。就當時的風俗來說，餐桌旁會擺放床鋪，人們各自躺在床鋪上用餐，所以達文西的《最後的晚餐》與事實不符；聽說俄國一位名叫蓋耶的畫家畫的《最後的晚餐》，裡頭的人全都躺著。這與基督的精神完全無關，但我覺得很有意思。看來，我對吃投注太多關心。今天同樣在想吃的事，但這未必就沒任何意義，多少還是有些收穫。今天寺內神父以舊約聖經的《申命記》為主軸展開授課。寺內神父絕不會站在講臺上授課，他會以沒人坐的學生課桌當位子坐，以和學生一起學習的姿態，輕鬆和我們交談，感覺真不錯，就像和大家一起聊什麼歡樂的趣事一樣。今天以《申命記》為主，談到摩西的苦心，其中，關於摩西連民眾的食物也都用心張羅一事，我特別感興趣。

「十四章。凡可憎的物都不可吃。可吃的牲畜就是牛、綿羊、山羊、鹿、羚羊、麅子、野山羊、麋鹿、黃羊、青羊。凡分蹄成為兩瓣又倒嚼的走獸，你們都可以吃；但那些倒嚼或是分蹄之中不可吃的乃是駱駝、兔子、沙番*1，因為是倒嚼不分蹄，就與你們不潔淨；豬因為是分蹄卻不倒嚼，就與你們不潔淨。這些獸的肉，你們不可吃，死的也不可摸。水中可吃的乃是這些：凡有翅有鱗的都可以吃；凡無翅無鱗的都不可吃，是與你們不潔淨。凡潔淨的鳥，你們都可以吃。不可吃的乃是鵰、狗頭鵰、紅頭鵰、鸇、小鷹、鷂鷹與其類，烏鴉與其類，鴕鳥、夜鷹、魚鷹、鷹與其類，鴞鳥、貓頭鷹、角鴟、鵜鶘、禿鵰、鸕鶿、鸛、鷺鷥與其類，戴鵀與蝙蝠。

凡有翅膀爬行的物是與你們不潔淨，都不可吃。凡潔淨的鳥，你們都可以吃。凡自死的，你們都不可吃。*2」

當真教導得鉅細靡遺。想必很費神吧，摩西或許對這些鳥獸、駱駝、鴕

*1希伯來文，shaphan音譯過來，一般認為就是現今的「蹄兔」。

*2取自《申命記》中文。

鳥之類，全都自己一一試吃過。駱駝肉料想一定很難吃，摩西肯定也同樣皺著眉頭說「這真不是人吃的東西」。所謂先覺，可不是光會說些冠冕堂皇的教義，而是直接協助民眾的生活。不，幾乎可說是民眾生活裡的實際助手。而在加以協助的空檔時間，同時傳教。如果從頭到尾都在傳教，不管說得再好，也不會有民眾跟隨。閱讀《新約聖經》也會發現，基督時而治療病人，時而讓死者復活，將大量的魚、麵包分發給民眾，整天幾乎都被這些事追著跑，忙得筋疲力竭。而他的十二名弟子，一旦沒食物可吃，就馬上感到不安，而暗中議論紛紛起來。連善良的基督最後也忍不住訓斥弟子們：「小信的人，為甚麼議論沒有餅這件事呢？你們還不明白嗎？你們是不是忘記了那五個餅分給五千人、又裝滿了多少個籃子呢？還是忘記了那七個餅分給四千人、又裝滿了多少個大籃子呢？我對你們講的不是餅的事，你們為什麼不明白？」接著深切嘆息。基督是多麼落寞啊，但這也是沒辦法的事，民眾就是這麼小家子氣，滿腦子想的都是自己明天的生活。

我聽寺內神父的講課，腦中思索許多事，突然間，就像電光閃過一般，我感到胸中靈光乍現。對啊，人們打從一開始就沒有理想，就算有，也是符合日常生活的理想；而悖離生活的理想——沒錯，那才是通往十字架的道路，那也是上帝之子走的道路。我不過是區區一名凡夫俗子，只在意吃的事。我最近逐漸成為一名踏實過生活的人，成了在地上爬行的鳥。天使的翅膀不知什麼時候不見了。就算再怎麼焦急慌亂也沒用。這就是現實。由不得你打馬虎眼。「不懂凡人的悲慘，只知道上帝，這會引來傲慢。」記得這是帕斯卡說的話，而過去我絲毫未察覺自己的悲慘，只知道神所在的天星，老想著要得到那顆星，這樣總有一天會嘗到幻滅的苦酒。這是當人的悲哀，腦中想的都是吃。哥哥也曾說，賣不了錢的小說根本就沒意義，但這是人們率直無偽的話語，我將它看作是哥哥的墮落，還想加以批評，或許我錯了。

我們人不管說得再好聽，一樣無濟於事，生活的尾巴就垂掛在我們身後。「要甘於承受物質的鎖鏈與束縛，我這就讓你們從精神的束縛中解放。」就是它。儘管身後拖著悲慘生活的長尾巴，但應該還是能得到救贖，應該能朝理想邁進。就連那些跟在基督身後，卻仍老是擔心明天的麵包在哪裡的弟子們，最後也都成了聖者。我的努力，今後也將從頭來過。

我甚至想否定平常人的生活。前天我通過鷗座的考試，那些藝術家坐在那兒，小心翼翼，極力想保護好自己那微不足道的地位，看了那一幕，令我極度反感。尤其是上杉，號稱是日本第一的新潮演員，連面對我這樣沒沒無聞的學生，竟然也燃起較勁意識，還為之臉色發白，實在膚淺之至，令人厭惡。就算是現在，我也不認為上杉的態度算得上大器。不過，只因為這樣就想全面否定一般人的生活，是我自己太小題大作。我打算今天去一趟鷗座研究所，再次和那些藝術家仔細談談。光是能從二十名報考者當中獲選，或許我就該心存感激了。

不過，放學後一步出校門，馬上遭遇強風拂面，我就此改變心意。真討厭。我不喜歡鷗座，一群外行人。那裡非但嗅不出崇高理想的氣味，連生活的影子也很淡薄，感受不出活在戲劇中的強烈意志。感覺就像聚集了一群特殊玩家，以戲劇充當虛榮的展現，或一味沉浸在這種氣氛中。我無法從中得到滿足。從今天起，我不再是個一派天真的憧憬之人。這種說法雖然有點古怪，不過，我想以專家的身分活下去！

我決定前去齋藤先生家拜訪。今天無論如何，我都得要他好好聽我說出心中的決定。當我下了決心之時，我感覺身體彷彿受到上帝的恩寵包覆，無比溫暖。別對人們的悲慘及自身的醜陋感到絕望，「凡你手所當做的事，要盡力去做*」。

非努力不可。不是想逃離十字架，而是不去遮掩自己醜陋的尾巴，拖

*出自聖經傳道書第九章。

著它，踉踉蹌蹌，一步步走上坡道。位於這條坡道盡頭的，是十字架還是天國，我不知道。認定那是十字架的，只有不懂上帝的人。「只要照你的意思。*1」

我抱持堅定的決心，前往齋藤先生位於芝區的宅邸。其實我很怕去齋藤先生家，還沒穿過他家大門，一股莫名沉重的壓力就朝我湧來。我想，大衛塔*2大概就像這樣吧。

我按下門鈴，前來應門的是先前那名女子。看來果然如同哥哥所推測，她是這裡的祕書兼女傭。

「哎呀，歡迎啊。」還是那副親暱的模樣，根本就沒把我瞧在眼裡。

「老師呢？」跟這種女人沒什麼好說的，我臉上不帶半點笑意，直接問道。

「在啊。」很不檢點的口吻。

*1出自馬太福音第二十六章。

*2一座古老的城堡，靠近耶路撒冷老城的雅法門。

「我有重要的事想見……」話說到一半，女子噗哧一笑，雙手掩口，笑得滿臉通紅，還就此嗆著。我看了大為光火，我已經不是先前那毛頭少年了。

「有什麼好笑的。」我以平靜的口吻問。「今天我無論如何，都想見老師一面。」

「是是是。」她點點頭，笑彎了腰，就此走回屋內。難道我臉上沾了墨水？真是個沒禮貌的女人。

半晌過後，這次她一本正經地走來對我說：「真的很遺憾，老師有點小感冒，說他今天無法跟任何人會面。您如果有事，請寫在這張紙上。」接著遞出信紙和鋼筆，我大為沮喪。心想，所謂的大師還真是任性呢。不知道是否該說是生活能力過人，總之，真是罪孽深重啊。

我就此看開，坐在玄關的臺階上，朝信紙上寫了幾行字。

「我通過鷗座的考試，考試內容相當隨便，一葉知秋。昨天我收到通知，要我今天傍晚六點到鷗座研究所去，但我不想去，我很迷惘，請老師開導。我想展開務實的學習。芹川進。」

我如此寫道，遞給那名女子，感覺表達得不好。女子拿著它走進屋內，久久不見她出來。我漸感不安，感覺就像獨自呆坐在山寺中。

突然間，那名女子笑呵呵地走出。

「喏，給您的回覆。」不同於先前的信紙，她這次遞給我一張像是從紙卷上撕下的小紙片，上頭以毛筆隨手寫了三個字：

春秋座

就這三個字，再也沒其他。

「這什麼啊？」我看了忍不住發火，耍人總也該有個限度吧。

「是給您的回覆。」女子抬頭望著我，露出天真的微笑。

「意思是要我加入春秋座嗎？」

「應該就是吧。」她回答得很乾脆。

我也知道春秋座是什麼。不過，春秋座是全部由大牌歌舞伎演員組成的劇團，不是像我這樣的學生大搖大擺前去說要加入，他們就肯收留。

「這不可能啦，如果有老師的介紹信倒還另當別論……」話才說到一半，突然一道青天霹靂。

「自己處理！」屋內傳來一聲喝斥。

我大吃一驚。老師在裡頭，他站在拉門後方偷聽，嚇壞我了。這老先生太過分了，我落荒而逃，好個厲害的老先生啊，當真是令我大為吃驚。回家後，我將今天發生的事告訴哥哥，他聽後捧腹大笑，我也無奈跟著傻笑，但心裡有點懊惱。

今天完全被擺了一道。不過在齋藤老師（今後我就叫他齋藤老師吧）那奇特的沙啞聲喝斥下，感覺這兩、三天籠罩頭頂的烏雲就此煙消霧散，我就自己來搞定這件事吧。春秋座。不過，到底該怎麼做，我心裡完全沒譜，哥哥似乎也很困惑。接下來就好好研究春秋座吧，這是我們今晚做出的結論。

意想不到的事，接二連三的發生，人生真是難以預料。感覺最近才真正逐漸明白信仰所代表的含意，每天都是奇蹟。不，生活中的一切都是奇蹟。

五月十四日　星期天

陰。之後放晴。有兩、三天沒寫日記了，因為沒什麼特別的事。最近感覺心情沉重，無法像以前那樣開心寫日記，甚至捨不得花時間寫日記，或許可說是懂得自重吧。現在覺得把一些無謂的瑣事一一寫在日記裡，就像孩子在玩家家酒一樣，著實可悲。我愈發覺得自己要自重才行。貝多芬說過「你不能為你自己而存在」，我也有這種感覺。

今天一大早，家裡就鬧得雞飛狗跳。媽媽終於要到九十九里的別墅療養。聽說今天名為「大安」，是個黃道吉日，雖然早上天空灰雲密布，但媽媽堅持今天就要前往，於是大家忙著準備啟程。鈴岡和姊姊一早便來幫忙，目黑的一小口姑姑也來了。「一小口」這個形容詞，雖然我和姑姑說好，以後不再這麼叫，但這已成了口頭禪，還是不小心這樣稱呼了。住附近的大叔、朝日計程車的小老闆，以及媽媽的主治醫師香川先生，全部動員，為她的出發做準備。因為媽媽是長期臥病在床的病人，得費一番工夫。護士杉野小姐和女傭梅彌皆陪同媽媽前往，留在家中看顧的有哥哥、我、工讀書生木島哥，以及一位五十多歲的老太太，聽說是鈴岡的遠親。這位老太太名叫洵，個性詼諧。由於杉野小姐和梅彌隨媽媽前往別墅，家中暫時沒人煮飯，才臨時請了這位老太太來幫忙。今後家裡想必會冷清許多。媽媽、香川先生、護士杉野小姐，共乘一輛大型計程車；姊姊和姊夫，以及女傭梅彌則坐另一輛。計程車會直奔九十九里的松風園。香川先生、姊姊和姊夫預定等媽媽一切安頓好之後，再搭火車回東京。當真是鬧得雞飛狗跳。行人從家門前走過，紛紛露出好奇的神情，約莫有二十人左右駐足圍觀。媽媽由朝日計程車的小老闆負在身後，神情泰然自若，一面大聲斥喝梅彌，一面撥開圍觀的群眾，坐上汽車。好大的排場。像極了杜斯妥也夫斯基《賭徒》裡登場的老太太。總之，她還很硬朗。媽媽在九十九里休養個一、兩年，或許能完全康復。

眾人出發後，家裡變得空蕩蕩，感覺很不踏實。不，倒是在今天早上的一陣慌亂中，發了一件奇怪的事。今天早上哥哥和我別說幫忙了，根本只會給眾人礙事，所以我們索性到二樓避難，說那些前來幫忙的人的壞話。這時杉野小姐沉著一張臉，像有事要處理似地，走進我們房間，一屁股坐下。

「要暫時離開一陣子呢。」她擺出笑臉，垂落嘴角如此說道，接著突然趴下，放聲大哭。

我大感意外，哥哥和我面面相覷。哥哥噘起嘴，顯得很不知所措。杉野小姐抽抽噎噎哭了兩、三分鐘之久，我們盡皆沉默。很快地，杉野小姐站起身，以圍裙掩面，走出房外。

「搞什麼啊？」我小小聲問，哥哥也蹙起眉頭道「真不像話」。

不過我大致明白。當時我們彼此都刻意避免提到杉野小姐的事，開始聊其他話題，但等到眾人坐上計程車出發後，哥哥顯得若有所思。

他仰躺在二樓房間裡，笑著說道：

「那就結婚好了。」

「哥，你從之前就發現了嗎？」

「我不知道。是因為剛才看她哭，我才察覺有異。」

「哥，你也喜歡杉野小姐嗎？」

「說不上喜歡，她年紀比我大呢。」

「那麼，你為什麼要結婚？」

「因為人家都哭了嘛。」

我們兩人哈哈大笑。

看不出來，杉野小姐也有如此浪漫的一面。不過，她的浪漫並未奏效。杉野小姐的求愛方式只是哭給人看，這是極為笨拙的方式。滑稽感是浪漫的最大禁忌，杉野小姐當時肯定也是哭了之後，心下驚覺「糟了！」，然後就此看破一切，啟程前往九十九里。看來，老小姐的戀情就此淪為一場笑話，令人遺憾。

「就像煙火呢。」哥哥如詩人般下了結論。

「像仙女棒。」我則是展現出現實主義者的作風，加以糾正。

感覺好冷清，屋子裡空空蕩蕩。晚上用完餐，我和哥哥討論後，決定去新橋演舞場看看，我也一併邀木島哥前去。留阿洵婆婆看家。

春秋座的成員正在演舞場裡演出。目前正演出由新人川上祐吉改編的《女殺油地獄》*[1]和森鷗外的《雁》，以及名為《葉櫻》的新舞蹈，在報紙上似乎都頗獲好評。我們抵達那裡時，《女殺油地獄》已演完，而《葉櫻》似乎也已結束，最後一場戲《雁》才剛開始。舞臺上充分呈現明治時期的氣氛。我出生於大正*[2]時期，所以無從得知明治是怎樣的氣氛，不過走在上野公園或芝公園時，總會突然感受到一股近似鄉愁之情，我相信那一定就是明治的氣息。不過，演員的臺詞幾乎都是昭和的對話口吻，深感可惜。這也許是編劇的疏忽。演員們演技精湛，就算是小配角也都表現得很沉穩，團隊合作發揮得淋漓盡致，是個好劇團。我心想，如果能加入這樣的劇團，應該就沒什麼好挑剔了。中場休息時間，走在走廊上，發現走廊的轉角處擺了一只小盒子，盒子上以白漆寫著「請讓我們知道您今晚的感想」，我看了之

*1 近松門左衛門作的人形淨瑠璃。

*2 日本大正時期為一九一二〜二六年，大正之前為明治時期一八六八〜一九一二年，之後為昭和時期一九二六〜八九年。

後，腦中靈光一閃。

我在盒子隨附的信紙上寫道「我想成為你們的團員，請告訴我如何申請入團」，並附上地址和姓名，投進盒中。多好的點子啊。這也算是奇蹟，我在看到盒子上的文字前，一直都沒想過有這樣的好方法。當真是突發奇想，是上帝的恩賜。不過，這件事我沒跟哥哥說。與其說是擔心被哥哥嘲笑，倒不如說是今後不想過度倚賴哥哥，想完全靠自己的直覺獨自向前邁進。

六月四日　星期二

晴。在我即將遺忘此事時，春秋座捎來了一封信。幸福的書簡，絕不會在你等候時到來。絕對不會。你在等候友人到來，啊，那是誰的腳步聲？當你滿心雀躍時，那腳步聲就絕不會是你等候的那個人。那個人會突然來訪，事先不會有任何腳步聲，總看準你完全沒料到的空檔，冷不防到來。說來真不可思議，春秋座這封信是以打字機打成。信中大意如下：

今年我們預計錄用三名新團員，條件為十六歲到二十歲間，身體健康的男性；學歷不拘，但會進行筆試。入團兩個月後，會以準團員身分，支付每月三十日圓的化妝費及交通費；準團員的最長期限為兩年，之後將成為正式團員，享有等同所有團員的待遇，如果經過最長期限後仍無法取得正式團員的資格，將予以除名。有意願者請於六月十五日前，附上親筆履歷表、戶籍謄本、三吋近照一張（上半身正面照），以及戶長或監護人的同意證明，送交本事務所。關於考試及其他事項，後續會另行通知。若在六月二十日深夜前仍未接獲通知，則請勿再繼續等候。此外，請恕我們無法一一答覆詢問。謹此。

原文並非如此一板一眼的行文，不過大致是這個意思，連小細節都交代得清清楚楚。文中不具絲毫華麗氣息，取而代之的是予人相當的嚴肅感。看著看著，忍不住想端正坐好。之前在鷗座時，盡是滿心雀躍與大驚小怪。這次可就不是開玩笑了，甚至出現一股鬱悶感，啊～我終於也將走上職業演員之路了，想到這裡，不禁潸然淚下。

錄用三名。雖然無從預測我是否能躋身其中，但還是先試試再說。哥哥今晚也很緊張。今天我從學校回來後，哥哥便對我說：

「進，春秋座來信了。你是不是瞞著我，偷偷遞交蓋有血指印的懇請函啊？」一開始哥哥臉上還掛著微笑，但和我一起拆信讀完內容後，突然變得正經起來。

「要是爸爸還在世，不知道會怎麼說。」最後甚至說出他心中的不安。哥哥的性情溫柔，卻也有柔弱的一面。事到如今，我還能去哪兒呢？經歷這段漫長時間的煩悶苦惱後，我好不容易才走到今天這一步。

這麼一來，齋藤老師就是我唯一的指望了。當時齋藤老師清楚地寫下

「春秋座」三個字，並對我大喝一聲「自己處理！」。那就放手一搏吧。我要奮鬥到底。初夏的夜晚，滿天星辰，美不勝收。媽！我悄聲喚道，覺得有點難為情。

六月十八日　星期天

晴。天氣炎熱，酷熱難當。很想在星期天好好睡個懶覺，但實在熱得睡不著。我八點起床，接著郵差送來封信，是春秋座寄來的。

我通過第一關了。雖然覺得這是理所當然的事，還是鬆了口氣。本以為應該是明天或後天才會寄通知來，幸福果然不安好心，總是在人意想不到之際前來。

七月五日上午十點，將在神樂阪的春秋座演技道場進行初試。初試項目有劇本朗讀、筆試、口試、簡單的體操。劇本朗讀內容不拘，考生可攜帶自己喜歡的劇本到考場自由朗讀，不過朗讀時間限定五分鐘內。另外，本道場也會在考場提出一份朗讀用腳本。筆試請盡可能用鉛筆做答。請別忘了準備方便做體操的褲子和襯衫。不必自行帶便當，本道場備有粗茶淡飯。當天上午十點，請提前十分鐘到演技道場休息室集合。

還是一樣簡單明瞭。上頭寫著初試，那表示初試通過後，還有第二關、第三關的考試是嗎？可真謹慎。不過，要決定一個人適不適合當演員，或許就該這麼慎重其事。這不同於到公司或銀行上班，要是不負責任地進行審查，胡亂錄用人選，到時錄用的人如果不適合當演員，可不能像銀行員一樣，馬上轉往隔壁的銀行任職，換工作可沒那麼輕鬆，他的一生恐怕就這麼葬送了。我倒是希望他們能以高標準審查，要是像鷗座那樣，就算合格，也還是覺得不安。我可是拋下一切投入其中呢，如果不負責任地草率審核，我絕不能接受。

有劇本、筆試、口試、體操這四種項目，不過當中的自由選擇劇本，可沒那麼簡單。我認為這是個相當聰明的審查方法，看考生挑選何種劇本，可清楚看出考生的個性、教養、環境等條件。這是個難題。離考試還剩兩週，我要好好靜下心，挑個萬無一失的好劇本。和哥哥仔細討論後再來決定吧。

哥哥四、五天前到九十九里去探望媽媽了，應該今明兩天晚上就會回來東京。昨晚哥哥寄明信片來，提到媽媽一個禮拜前發燒，但現在已經燒退，精神好多了。杉野小姐曬黑許多，和平時一樣工作，沒什麼兩樣。哥哥出發前曾開玩笑說，杉野小姐也許又會在他前面落淚，但看來是沒什麼事。哥哥實在太天真了。

晚上，木島哥、阿洵婆婆和我三人，做了一道奇怪的霜淇淋點心，正在享用時，門鈴響起，開門一看，原來是木村的父親動作遲緩地站在門口。

「我那笨兒子在這兒嗎？」他態度積極地問道。

聽說木村前天晚上抱著吉他出門後，一直都沒回家。

「最近我都沒見過他。」我回答後，他偏著頭道：

「我看他帶著吉他出門，心想他一定是到你這兒來，所以才繞來你家看看。」他一臉狐疑，以惹人厭的眼神盯著我瞧。竟敢瞧不起我。

「我已經不彈吉他了。」我回了他一句。

「那就對了。都老大不小了，還老玩那種樂器，實在不像樣。哎呀，打擾你了。我那笨兒子如果到你這兒來，你也勸勸他吧。」說完後，他就此離去。

不良少年木村沒有母親。我不想說別人家的醜事，不過，他們家好像衝突不少。與其向木村說教，我更想向木村的家人說教。木村的父親是所謂的高官，但感覺很沒格調，眼神也教人備感不適。雖說是自己的孩子，但連在別人家也東一句「我那笨兒子」、西一句「我那笨兒子」，真的很不得體。

這話實在不堪入耳。木村固然不對，他父親也好不到哪去。總而言之，我對他們的事不感興趣。但丁說過，對於身處地獄的罪人們所受的苦，他就只是看在眼裡，從旁路過，不會拋出繩索加以解救。這樣就行了，這是我最近的感想。

七月五日　星期三

晴。傍晚時下起小雨。今天一整天發生的事，我要仔細地記下。我現在心情很平靜，感到神清氣爽，心中沒一絲不安，因為我已竭盡全力。再來一切就看天父的安排了。我臉上湧現爽朗的微笑，今天我的確已卯足全力，也許幸福指的就是這樣的感覺，及格或落選，我一點都不在意。

今天在春秋座的演技道場接受初試。我早上七點半起床，其實六點便已醒來，卻仍躺在床上靜靜深思，確認自己是否已做好心理準備，有無疏漏之處。說到疏漏，可說是漏洞百出，但我並未因此感到心慌。總之，只要別蒙混就行。只要率直往前走，凡事都能很單純地解決，不論到哪兒，應該都能暢行無阻才對；如果存心蒙混，就會處處滯礙難行。不要蒙混最重要，再來就是聽天命了。只要心中做好準備，其他一概不需要。我想寫首詩，卻遲遲寫不出來。我起身洗臉，照鏡子，一張泰然自若的臉。可能是因為昨晚熟睡的緣故，我的雙眸特別清澈好看。我笑著朝鏡子行了一禮，接著飽餐一頓。阿洵婆婆也嚇了一跳，她以奇怪的說法誇讚道——雖然少爺向來都晚起，但遇到考試時，都會準時早起，充分享用早餐，男生就得像你這樣才對。阿洵婆婆似乎滿心以為我今天是因為學校有考試，要是她知道我是要參加演員考試，肯定會大吃一驚，為之腿軟。

整裝完畢後，我先向佛龕裡的爸爸照片行了一禮，最後前往哥哥的房間。

「我走囉。」我大聲喊道。哥哥還在睡覺，他猛然坐起身，笑著應道：

「你已經要出門啦？天國像什麼？」

「像一粒芥菜種。」我回答。

「會長成樹*。」哥哥以滿懷關愛的口吻說道。

很好的一句話，用來祝福別人的前途有點可惜。哥哥果然是個傑出的詩人，比我好上百倍，彈指間便能選用如此貼切的話語。

外頭無比炎熱。我走過神樂阪，抵達春秋座的演技道場時，已是九點多。來得太早了。我前往紅屋喝了杯蘇打水，擦了擦汗，接著再次慢慢走向演技道場，這次來的時間剛好。一間老舊的大宅。在門口脫鞋時，一名規矩繫著男性腰帶、看起來像掌櫃的年輕人走了出來，悄聲說了句「請進」，將拖鞋擺好放我面前。感覺很沉穩，就像在招待客人一般。休息室約莫二十張榻榻米大小，是一間寬敞明亮的和室房，裡頭已經有七、八名考生，每個

*語出馬太福音第十三章。「天國好像一粒芥菜種，有人拿去種在田裡。這原是百種裡最小的，等到長起來，卻比各樣的菜都大，且成了樹，天上的飛鳥來宿在他的枝上。」

都很年輕，就像孩子一樣。理應有十六歲到二十歲的年齡限制，卻有七、八人乍看之下像是十三、四歲的小鬼。當中有人留著妹妹頭，有人別著紅色的波西米亞領帶，有的身穿圖案華麗的和服；少年們個個看來都像是藝伎的孩子。我頓感難為情起來。剛才那位像掌櫃的男子，端來煎餅和熱茶請我享用，並對我說「要勞煩您稍候了」，讓我都有點不好意思了。考生愈聚愈多。也來了三、四名二十歲左右的人。不過，大家不是穿西裝，就是穿和服；穿學生服的只有我一人。他們看起來腦袋都不怎麼靈光，不過倒也沒給人像鷗座那樣的陰沉感，不像是人生路上的輸家。我一味地東張西望，人數來到二十人左右時，那名掌櫃再次走出，「讓各位久等了，接下來會點名」，他以平靜的口吻說道，點了五個人的名字，「請往這兒走」，領他們前往另一個房間。沒叫到我的名字。接下來一片闃靜，我站起來走向走廊，觀看庭園。這裡感覺像餐廳或旅館，庭園也相當寬敞，微微傳來電車的行進聲響，暑氣逼人。等了三十分鐘後，這次叫喚的名字當中，終於有我的名字了。在那名掌櫃的帶領下，我們五人在昏暗的走廊走過兩處轉角，來到一間通風良好的歐式房間。

「歡迎、歡迎。」一名身穿西裝的俊俏青年，態度和善地迎接我們到來。「請各位在此進行筆試。」

我們坐向中央一張大桌子旁，各自從那位俊美青年手中領取三張稿紙，開始筆試。他說，要寫什麼都行，感想、日記，還是詩，都可以，不過請多少和春秋座有點關聯，要是您突然想到海涅的情詩，就這樣照寫下來，那我們可就傷腦筋了。時間是三十分鐘，字數為稿紙一張以上、兩張以內。

我從自我介紹寫起，坦率寫出我觀賞春秋座的《雁》後所得到的感觸，寫了滿滿兩張。其他人擦擦寫寫，一副搜索枯腸的模樣。儘管如此，他們也是依照履歷表和照片，從眾多報名者當中挑選出的少數考生。一群很不靠譜的考生。不過，或許就是這種一臉傻樣的人，才會在演技上意外發揮天才般的才能，這不無可能，不能大意。正當我如此思忖時，掌櫃從門外探頭。

「寫好的人請拿著您的答案紙到這邊來。」又來帶路了。

寫好的只有我一人。我起身走向走廊，被帶往另一棟的寬敞房間。這房間頗為氣派，裡頭擺了兩張大餐桌，六名考官圍著靠向壁龕擺放的餐桌而坐，隔兩公尺遠處，則是考生坐的餐桌。考生只有我一人，比我們早叫來這裡的那五名考生，可能已全都離去，不見半名考生。我站著行了一禮，接著朝餐桌旁端正坐好。果然都在，市川菊之助、瀨川國十郎、澤村嘉右衛門、阪東市松、阪田門之助、染川文七，劇團裡的高級幹部全都齊聚一堂，笑咪咪地望著我，我也微笑以對。

「你要朗讀什麼？」瀨川國十郎如此問道，口中的金牙為之一亮。

「浮士德！」我自認回答得很有精神，國十郎微微點頭。

「請。」

我從口袋裡取出森鷗外翻譯的《浮士德》，以響徹雲霄的聲音朗讀出先前那段「鮮花遍野」的文章。在挑選《浮士德》之前，我和哥哥兩人實際考量過，哥哥認為歌舞伎的古典劇曲應該會比較受春秋座歡迎，於是我試著朗讀默阿彌、坪內逍遙、岡本綺堂，以及齋藤老師等人的作品，但還是會念成左團次或羽左衛門*的聲調，著實糟糕。展現不出我的特性。話雖如此，武者小路或久保田萬太郎的劇本，臺詞又都斷斷續續，不適合朗讀。一人分飾三角的對話朗讀，憑我現在的能力，恐怕無法駕馭；而一個人念長篇臺詞的場景，在一部戲曲裡頂多只有兩、三幕，不，有些甚至完全沒有，出奇的少。偶爾想到幾部作品，偏偏都已有知名演員的固定聲調，或是成為宴會中的表演橋段。春秋座的人說，什麼臺詞都行，可以自行挑選，但其實這反而令人難以抉擇。正當我舉棋不定時，考試的日期已進逼眼前。乾脆就朗讀

*兩人都是歌舞伎的名角。

《櫻桃園》裡樂百軒的臺詞吧。不，既然這樣，還是選《浮士德》比較好。那句臺詞，是我在鷗座接受面試時，憑直覺發現的一段臺詞，值得紀念。這肯定與我的宿命有某種關聯。就選《浮士德》！就算因為選浮士德而落選，我也不會後悔。我毫不忌諱地大聲朗讀，朗讀的同時，感到神清氣爽，感覺彷彿有人在背後不斷為我打氣道「沒問題的、沒問題的」。

「人生就在於體現出彩虹繽紛！」朗讀完畢，我不禁莞爾一笑，內心浮現一陣欣喜。我覺得考試結果已經無所謂了。

「辛苦您了。」國十郎朝我點了個頭，說道。「我想再提出一個請求。」

「好。」

「剛才您在那邊所寫的筆試回答，請在這裡朗讀。」

「筆試回答？這個嗎？」我略感慌亂。

「是的。」他面露微笑。

這令我有點不知所措。不過，春秋座這班人頭腦可真好，這麼做的話，就可省去事後一一審閱筆試回答的工夫，節省不少時間；而如果考生寫的盡是無關緊要的內容，朗讀起來也會顯得雜亂無章，文章的缺點更會清楚浮現，可說是被他們擺了一道。不過我重新調整心情，毫不羞怯地緩緩念出自己的文章，聲音不帶半點音調起伏，以自然的語調朗讀。

「好了。請放下您的筆試回答，在休息室等候。」

我俐落地行了一禮，來到走廊。這時我才發現自己背後滿是溼汗。回到休息室後，我背靠著牆壁，盤腿而坐，等了約三十分鐘左右，與我同組的四名考生也依序返回。當我們四人都到齊時，掌櫃再度前來迎接，接下來是體操。他帶我們來到一處像澡堂更衣室般空蕩寬敞的木板地房間。兩名不知叫什麼名字的演員，似乎是地位頗高的幹部，年約四十，腰間繫著男性腰帶，坐在房間角落的籐椅上。一名像辦事員的年輕人，穿著白褲、白襯衫，向我們發號施令。穿和服的人勢必得脫下身上的衣服，而穿西式服裝的人，則只要脫去外衣即可，我們這組人全都穿西式服裝，所以不需花時間換裝，馬上就做起了體操。五個人一起向右轉、向左轉、向後轉、向前走、跑步、立定，接著做起了廣播體操，最後依序大聲報上自己的姓名，結束。通知信中寫說是簡單的體操，但根本沒那麼簡單，覺得有點累。回到休息室一看，裡頭的餐桌排成一列，考生們已陸續開始用餐。吃的是炸蝦丼飯。兩個像是蕎麥麵店的服務生，在那名掌櫃的指揮下，一會兒泡茶、一會兒端丼飯，四處奔忙。裡頭很悶熱，我吃著手中的炸蝦丼飯，揮汗如雨，實在吃不完。

最後是口試，由掌櫃一個一個點名帶進考場。口試場所就是剛才朗讀的房間，不過屋內的氣氛與先前截然不同，裡頭亂成一團，東西散落四處，兩張大餐桌靠在一起，三名留著長髮、氣色不佳的人，應該是文藝部或企畫部的人，他們脫去外衣，以放鬆的姿態，手肘撐在餐桌上，桌面上凌亂地擺滿了文件，甚至還有喝到一半的冰咖啡杯。

「請坐，盤腿坐就行了。」當中看起來最年長的人請我坐向坐墊。

「您是芹川先生對吧。」他如此說道，從桌上的檔案中挑出我的履歷表和照片。

「您打算繼續念大學嗎？」當真是一針見血的提問，而這也正是我苦惱之處。這問題可真是毫不留情啊。

「我還在思考。」我如實回答。

「不可能兩者兼顧哦。」他窮追猛打。

「這個嘛……」我微微嘆了口氣。「等我錄取後……」說到一半，我沒再言語。

「說得也是。」對方敏感地察覺我的心思，笑了出來。「畢竟還沒確定錄取對吧。這問題很蠢吧？真是抱歉。令兄好像還很年輕呢。」又問到痛處了。看準我的弱點出招，實在難以招架。

「是的，他今年二十六歲。」

「就只取得令兄一人的同意，真的沒問題嗎？」聽他的口吻，似乎真的很擔心這點。這名像是這場口試主考官的人，肯定經歷過不少人世的艱苦。

「這點沒問題，家兄非常認真努力。」

「很認真努力是吧。」他露出爽朗的笑容。其他兩人也互望一眼，面露微笑。

「您朗讀的是《浮士德》對吧？是您自己挑選的嗎？」

「不，我和家兄討論過。」

「那麼，是令兄挑選的嗎？」

「不，雖然和家兄討論，但遲遲無法決定，所以最後是我自己做的決定。」

「恕我冒昧問一句，您懂《浮士德》的內容嗎？」

「完全不懂。不過，我對它有一份珍貴的回憶。」

「是嗎。」他又是一笑。「有一份回憶啊。」他以柔和的眼神注視著我。

「您從事何種運動？」

「中學時代，我踢過一陣子足球，不過現在沒踢了。」

「曾擔任選手嗎？」

之後他又深入問了我許多問題。當我提到媽媽生病的事，他甚至很關心地詢問病情；其中針對家庭狀況所做的提問居多，例如近親有哪些人、哥哥有沒有監護人這類的人物，諸如此類。不過，他的態度很自然，所以我也能輕鬆回答，不會感到不愉快。最後他問道：

「您喜歡春秋座的哪一點？」

「還好。」

「咦？」考官們似乎不約而同緊張起來，主考官的眉宇間也明顯流露不悅之色。「那麼，您為何想加入春秋座呢？」

「我其實對春秋座一無所悉，只是隱隱覺得，這是個很出色的劇團。」

「就只是一時隨興嗎？」

「不，我如果不當演員的話，也沒別的路可走。我對此深感苦惱，找某人商量後，對方就在紙上寫下『春秋座』三個字。」

「寫在紙上嗎？」

「那個人有點古怪。我去找他商量時，他說自己有點感冒，避不見面。所以我在門口朝信紙寫下『請告訴我一個好的劇團』，將它遞給宅內不知是女傭還是祕書、總之是一名很愛笑的女子，請她代為轉交。結果女子從屋內帶來一張回覆的紙條，上頭只寫了『春秋座』三個字。」

「那位是何方神聖呢？」主任雙目圓睜地問道。

「是我的老師。不過，只有我自己這麼認為，他或許完全沒把我當一回事，但我已決定要終生奉他為師。我和老師僅有一次交談，當時我追上他，老師讓我和他一起乘車。」

「到底是哪位人物呢？聽您這麼說，似乎是劇壇的人物對吧。」

「這我不想說。我就只有一次和老師一同坐車談話的經驗，之後就沒了，要是這樣還利用他的名字，感覺有點卑鄙，所以我不想這麼做。」

「我明白了。」主任一本正經地頷首。「然後呢？因為對方寫下『春秋座』這三個字，所以你就直接跑來報名是嗎？」

「是的。當時我還跟那名女傭發牢騷說，就算老師要我加入春秋座，我也辦不到啊。這時，從拉門後方傳來一聲『自己處理！』的喝斥聲。原來老師站在拉門後方聽我們交談。我那時候嚇壞了。」

兩名年輕的考官放聲大笑，不過主考官倒是沒怎麼笑。

「好個爽快的老師啊，是齋藤老師對吧？」他若無其事說道。

「這我不能說。」我也回以一笑。「等我以後闖出個名堂後，再跟您說。」

「是嗎。那麼，這樣就可以了。今天辛苦您了。吃過飯了嗎？」

「吃過了。」

「那麼，這兩、三天之內，或許就會寄發通知，如果這兩、三天內沒收到任何通知，您會再去找那位老師商量對吧。」

「是有這個打算。」

今天的考試就此結束，我以既滿足又平靜的心情返家。晚上，哥哥和我煎了一份芹川式牛排來吃，也替阿洵婆婆準備了一份。我是真的處之泰然，但哥哥似乎暗自擔憂。他很想問我考試的情形，但這次我反過來問他「天國像什麼」，對於已經考過的考試，一點都不想提。

晚上我寫日記，這或許是我最後一篇日記。我就是有這種感覺。睡吧。

七月六日 星期四

陰。今天早上很想睡，怎麼也起不來，索性不去上學。

下午兩點，春秋座寄來快遞。「我們將進行健康檢查，請於八日中午，持本通知函至下述醫院報到。」上頭如此寫道，並提及位於虎之門的某醫院名。

這即是所謂的第二關通知。哥哥說，這樣就如同合格了，就此大為放心，但我並不這麼認為。我甚至覺得，也許到醫院一看，昨天的考生幾乎全員到齊。我想先養精蓄銳，就算要再一次從頭奮戰，我也可以奉陪。所幸我身體強健，應該是沒什麼問題才對。

晚上我獨自聽著唱片，瞇著眼睛沉浸在莫札特的長笛協奏曲中。

七月八日　星期六

晴。我前往虎之門的竹川醫院，才剛回來。真的好熱啊。真是不好意思，我現在全身只穿一件內褲在寫日記。我到醫院一看，只有兩個人。我，以及一名留著妹妹頭，看起來只有十四、五歲的小鬼。看來，其他人都被淘汰了，篩選得真嚴格，不禁感到心底一寒。

三名醫生輪流為我們檢查全身各個部位，檢查得極為嚴密，有點吃不消。照了X光，也採集了血液和尿液。那名小鬼被驗出有沙眼後，哭喪著臉。不過，醫生告訴他，症狀還算輕微，只要治療一個禮拜就能痊癒，他這才重展笑顏。這名小鬼的長相也沒多可愛，而且個性透著陰森，有一張長長的馬臉，也許出人意料的，他擁有天才般的才能。我們接受了將近三小時的檢查。

春秋座來了一名像是辦事員的人。離開時，我們三人一起同行。

「真是太好了。」這名辦事員說。「一開始，連樺太、新京*都有人寄來報名表，粗估將近有六百份之多。」

「不過，目前還不知道結果吧？」我問。

「這個嘛，結果到底會是怎樣呢……」他不置可否地應道。

他說，只要合格，一週內就會寄來正式通知。我們就此在市營電車的車站道別。

我告訴哥哥後，他大為欣喜。我從沒見過哥哥這麼開心。

「太好了，真是太好了。進，你當演員果然是選對了。六百人當中只錄取兩人，還真不簡單呢。了不起，謝謝你，你知道我有多開心嗎……」說到一半，他微微落淚。真是太誇張了，現在高興未免也太早了。

在正式通知寄來前，不該鬆懈。

*樺太為庫頁島，新京為當時的滿洲國首都，即現今的中國吉林省長春市。都算是日本的偏遠地帶。

七月十四日　星期五

晴。合格通知寄達。

七月十五日　星期六

晴。酷熱難當。昨天我將合格通知書連同信封一同供在佛龕前，哥哥和我一起向爸爸報告這件事。我現在真的開始覺得自己有可能成為日本第一的演員，接下來反而才是辛苦的開始。不過，貝多芬說過「我願證明，凡是行為善良與高尚的人，定能因之而擔當患難」，這是無比壯烈的覺悟。昔日的天才們全都懷抱這樣的鬥志而奮戰，不屈不撓，奮勇向前。昨晚哥哥、木島哥，還有我，我們三人前往猿樂軒辦了一場小小的慶祝酒宴。祈求媽媽身體健康，為此乾杯。木島哥醉了，唱起了「茶切節*」。

最近我完全沒去上學，我打算從第二學期起辦休學。哥哥也說，眼下只

*原本被誤認為日本靜岡縣民謠，但其實是邁入二十世紀後才創作的新民謠。

能這麼做了。從下星期一起，每天都得到春秋座的道場報到，聽說我馬上就得幫忙公演。在擔任學員的前兩個月期間，每月有十二日圓的津貼，幫忙公演時還會支付些許交通費；等兩個月過後，便能以準團員的身分，每個月領取三十日圓的化妝費。接下來的兩年，津貼會逐漸增加，待兩年過後，成為正式團員，便能享有和所有團員一樣的待遇。順利的話，我十九歲那年秋天就能升任正式團員。不過現在不是滿腦子想著這種美好的幻想、為此陶醉的時候；目前最重要的就是努力，或許很艱苦，但熬過兩年，成為正式團員後，就能真正學習如何當一名演員。歷經十年學習之後，到時的我已二十九歲，應該會遭遇許多事吧。比起我自身的演技，要挑選怎樣的劇本，應該會是最大的問題。總之，努力準不會有錯，我一定得成為一名偉大的演員，現在就如同划著一艘獨木舟衝向大海。不過，從這個月起，我就能領到一筆微薄的薪水，還是令人感到暗自竊喜，我打算用第一筆薪水買枝鋼筆送哥哥。

哥哥說他明天要到媽媽位於沼津的娘家避暑，預定在那裡住上十天左右，換作是平時，我當然也會一起去，不過我從下禮拜起就有「工作」在身，所以不能為所欲為。今年夏天，我要留在東京好好努力。哥哥要投稿「文學公論」的小說，最後似乎還是沒能趕上截稿。他寫完一半時，曾先呈給津田老師看過，老師給予很高的評價，哥哥大受激勵，沒想到之後卻遭遇瓶頸，最後選擇放棄。真的很可惜。哥哥總是拿自己與巴爾札克、杜斯妥也夫斯基比較，感嘆自己能力不足，但打從一開始就想贏過他們兩人，那才真是欲深谿壑呢。「小說果然還是等年過三十才寫得出來啊。」哥哥這樣說過，若是如此，在三十歲以前，何不寫些短篇的散文詩呢？總之，哥哥有過人的才能，只要日後拿出幹勁來，定能寫出揚名於世的傑作。哥哥的文章之美，在日本也算是無人能出其右了。

今晚我洗好澡，照向鏡子，發覺自己憔悴不少，大為吃驚。才短短兩、三天時間，容貌竟能改變如斯？看來，這幾天我太過勞心了。顴骨外露，已完全是大人樣，當真醜陋，得想想辦法才行。我已經是演員，演員就得保護臉蛋，真不喜歡現在的臉，活像是乾癟的猴子。從今天起，我每天早上都得用乳霜或絲瓜水來保養臉蛋才行。雖說當上了演員，但也沒必要突然變得很愛打扮，不過這張了無生氣的臉，實在令我困擾。

晚上我在蚊帳裡讀書，讀的是《約翰·克利斯朵夫》第三卷。

八月二十四日　星期四

陰。宛如灼熱地獄的夏天。我也許會發瘋，真是受夠了，不知道興起過幾次自殺的念頭。我已經會彈三弦琴了，舞蹈也學會了。每天上午十點到下午四點，演技道場簡直是地獄！我已經從學校休學了，如今也沒別的路可走。真是報應！我以前太小看演員了。

受詛咒者，你的名字是少年演員。沒想到身子竟然挺得住，連我自己都覺得很不可思議。我已做好心理準備，但萬萬沒想到會嘗到這等屈辱。

今天也是，在中午三十分鐘的休息時間裡，我躺在道場庭園的草地上，淚水忍不住奪眶而出。

「芹川兄，你看起來總是很憂鬱呢。」那名小鬼如此說道，靠向我身旁。

「滾一邊去！」我向他應道。那是連我自己聽了都感到驚訝的嚴肅口吻。我的煩惱，豈是你們這些白痴所能懂！

這小鬼名叫瀧田輝夫，據說是昔日帝國劇場的知名女星瀧田節子的私生子，父親是前些年剛過世的金融鉅子M氏，今年十八，大我一歲，但還是個小鬼，幾乎可說是個白痴。不過他似乎演技精湛，在各種技藝上，我都難以望其項背。他是我的競爭對手，也許一輩子都會是我的敵手。人們永遠都會拿我和這個白痴比較，說東道西。不過，我堅決否定這名白痴天才。等著看好了，我雖然笨拙，但沒有什麼比堅定的意念更可貴。在春秋座，對瀧田抱持疑問，而對我表示支持的，就只有團長市川菊之助一人，其他人全都對我的粗獷個性感到傻眼，他們還替我取了「說理屋」的稱號。今天從道場返家的路上，我和幹部澤村嘉右衛門一起走到市營電車車站。

「你每天口袋裡都會放不同的書，真的會看嗎？」他語帶訕笑地問。

我沒答話。我在心中嘀咕道——紀伊國屋先生*，今後的演員，像你這種只會技藝的能手，是吃不開的。

約莫十天前，市川菊之助帶我去彩虹餐廳請我吃飯，當時他以叉子戳著水煮馬鈴薯，突然對我說道：

「我在三十歲之前，人們都說我是三流演員；而到現在，我仍舊認為自己是三流演員。」

我聽了直想哭。要不是有團長這番話，我也許今天已經上吊自盡了。

*紀伊國屋是歌舞伎演員澤村宗十郎所創立的屋號，在此指澤村嘉右衛門。

要樹立新的演藝之路難如登天。箭沒射中頭部，卻全射在手腳上，這是最難忍受的痛苦。一粒芥菜種，會長成樹？真的會長成樹嗎？

再一次用大字寫下貝多芬說的那句話吧：

「我願證明，凡是行為善良與高尚的人，定能因之而擔當患難。」

九月十七日　星期天

陰。偶雨。今天休息沒練習。昨天在道場上，一直練習到晚上十一點半。我感到一陣暈眩，差點昏倒在舞臺上。歌舞伎座將於十月一日首演，劇目為《助六》、夏目漱石的《少爺》，以及《色彩間苅豆》。

我第一次登臺演出。不過，我扮演的角色，只是《助六》裡負責提燈籠的、《少爺》裡的中學生，但練習相當吃重，一再反復。回到家中就寢後，仍接連做著討厭的怪夢，輾轉反側。人一旦過度疲累，反而難以入眠。

早上八點左右，住下谷的姊姊打電話給我，說有件大事，要我和哥哥兩人到下谷一趟，還笑著說「是一件大事哦」。我一再問她到底怎麼了，她就是不肯說，只回我一句，你們來就對了。不得已，我和哥哥兩人匆匆吃完飯，立刻前往下谷。

「到底是怎麼回事啊。」我問，哥哥略顯不安地應道：

「如果是夫妻吵架，要我們當仲裁，我可不要。」

來到下谷後，什麼事也沒有，我們一家三人有說有笑。

「小進，你看過昨天的都新聞了嗎？」姊姊問。不明白她葫蘆裡賣什麼藥，麴町的家中沒訂都新聞。

「沒有。」

「這可是件大事呢。你看！」

那是都新聞星期天特輯的演藝欄。小小地刊登了一張我的照片，與瀧田輝夫的照片擺在一起；名字寫得不一樣，我的照片旁寫著「市川菊松」，瀧田則寫著「澤村扇之介」，還提到我們是春秋座的兩名新人，並附上一句「請多指教」。我看傻了眼，原本還以為這是在耍我。我知道經過這次的首次登臺表演後，我們應該就能成為準團員，但不知道竟然還替我們取了藝名，完全沒通知我們。反正一定是隨便湊來的藝名，但也應該稍微跟當事人商量一下再決定才對吧？我內心為之一沉。不過，感覺市川菊松這個莫名粗獷的藝名背後，似乎有團長市川菊之助的默默庇護，這點令我微感欣喜。市川菊松，這名字也挺不錯的，就像是名小夥計。

「感覺……」鈴岡笑道。「愈來愈有模有樣了呢。待會兒我們去吃中華料理，就當慶祝吧。」鈴岡動不動就說要吃中華料理。

「不過，像這樣大肆宣揚，教人有點擔心呢。」姊姊和姊夫老早就知道我想當演員的事，有點為我操心，但他們一直都抱持默許的態度。「媽媽那邊，還是先別告訴她比較好吧？」打從一開始，我們便極力瞞著沒讓媽媽知道。

「這是當然。」哥哥以強硬的口吻應道。「她早晚會知道的，不過，要等媽媽身體好些之後，再一五一十告訴她。這畢竟是我的責任。」

「說什麼責任嘛，你大可不必想得這麼正經八百。」鈴岡果然夠豪邁。「不管是當演員還是幹其他工作，只要認真從事，行行出狀元。才十七歲就能領到五十日圓的月薪，這可不是一般人辦得到的。」

「是三十日圓。」我加以更正。

「不，如果是三十日圓的月薪，再加上額外津貼，就會有六十日圓了。」

鈴岡似乎把演員看作和銀行員一樣。

姊姊、姊夫、俊雄、哥哥，還有我，我們五人一同前往日比谷吃中華料理。大家熱鬧歡騰，只有我因為昨晚睡眠不足，一點也開心不起來。練習的地獄始終在腦中揮之不去，我一直悶悶不樂。我可不是基於個人嗜好才學習當演員，我內心的陰鬱無人能懂。「請多指教」是吧。唉，想要大展鴻圖的人，為什麼得先委屈自己呢！

市川菊松。感覺真落寞。

十月一日 星期天

一個秋高氣爽的日子。首次登臺表演。我在舞臺上手持燈籠蹲在地上，觀眾席猶如一座無比幽暗的深沼，完全看不到觀眾的臉，只看到一片深青色，模模糊糊地微微動著。任憑我再怎麼睜大眼睛細瞧，還是模糊的一片深青色，聽不到半點聲音，一片闃靜。我一時間還懷疑是否觀眾席裡空無一人，溫熱、深邃的大沼澤，著實駭人，彷彿會就此被吸入其中。我漸感暈眩，甚至覺得噁心。

演完後，我茫然地回到演員休息室，哥哥和木島哥也來了。我開心極了，很想緊緊一把抱住哥哥。

「我一眼就認出，一看就知道那個人是你，不管你怎麼裝扮，我一樣認得出來。」木島哥也很興奮說道。「是我最早認出來的，我一看就知道。」一再重複說同樣的話。

聽說鈴岡一家人也都坐在頭等席裡；一小口姑姑也帶著五名弟子前來，坐在一樓的看臺上。從哥哥口中聽聞此事後，我忍不住想哭，深深體會到有親人真好。聽說木島哥兩度放聲大喊「市川菊松！市川菊松！」。對著一名提燈籠的小演員叫喊又有何用，只是令我難為情罷了。

「你聽到我叫喊了嗎？」他一臉得意地說道。別說聽到了，我這名提燈籠的小演員，在舞臺上還感到暈眩，差點就此昏厥呢。

哥哥朝我咬耳朵：

「要我讓人送壽司之類的到休息室來嗎？」他一本正經地低語道，講得好像很懂人情義理似的，我忍不住噗哧一笑。

「不用啦，在春秋座都不會這麼做。」

「這樣啊。」他露出不悅之色。

演出第二齣戲《少爺》時，我就輕鬆多了，隱約可聽見觀眾席的笑聲，但還是一樣看不到觀眾的臉。聽說逐漸習慣後，不光是觀眾的笑聲，就連低語聲、嬰兒的哭聲，都逐漸聽得清清楚楚，反而還會覺得吵；甚至連觀眾的臉、誰坐在什麼地方，都一看便知。我還不行，我過度熱中忘我，不，根本是處在生死交界線上。

演完我的角色後，我走進演員休息室，想到從明天起，每天都是這樣的日子，我幾欲發狂，感到極度厭惡。我討厭演員這個工作！雖然只是轉瞬間的念頭，卻令我痛苦得幾乎要在地上打滾。我乾脆發瘋算了，當我興起這個念頭時，痛苦突然消失，徒留落寞。你禁食的時候——我十六歲那年春天，曾在日記開頭大大寫下耶穌說的這句話，此時鮮明浮現在我腦海中。「你禁食的時候，要梳頭洗臉。」每個人都有痛苦。啊，斷食的時候要帶著微笑。至少先努力個十年後，再來真正的生氣吧。我根本還不曾創造過什麼，不，我現在連創造的技術也還沒學會。

雖然落寞，但我體內感受到一股像喝了口牛奶般的甘甜，就此走出浴室。

前往團長市川菊之助的房間向他問候。

「噢，恭喜啊。」聽他這麼說，我滿心歡喜。真是無可救藥的天真，原本在浴室裡的陰沉懊惱，因團長這句開朗的話語，就此煙消霧散。身為一名演員，能在木挽町首次登臺，這樣的開頭或許已經可說是得天獨厚了。我告訴自己，你已經很幸福了。

以上記錄了我光榮的首次登臺表演。

回到家後，我和哥哥熱烈聊著宇宙的話題，一直聊到半夜一點。為什麼會聊起宇宙，我也不知道。

十一月四日　星期六

晴。此刻我人在大阪的「中座」劇場，演出的劇目為《勸進帳》、《歌行燈》、《賞楓紅》。

我們在道頓堀中心下榻。一家名叫「布袋屋」，淫氣頗重的幽會賓館。兩間六張榻榻米大的房間，供我們七個人生活起居，不過我絕不會就此墮落！

聽說市川菊松是位聖人。

十一月十二日　星期天

雨。抱歉，今晚我喝醉了。大阪真是個討厭的地方，道頓堀無比冷清。我在一家名為「彌生」的昏暗酒吧裡飲酒，就此喝得酩酊大醉，已許久不曾這樣了。就算喝醉，我一樣很矜持。「年輕時就該守護自己的名譽！」

扇之介可真是愚蠢，喝醉一樣只會暴露自己醜陋的一面。在回去的路上，他朝我咬耳朵，說出恬不知恥的話來。我微笑拒絕了他，扇之介接著道：

「我好孤獨啊。」

我為之傻眼，無言以對。

十二月八日　星期五

完全不知外頭到底是出太陽，還是下雨。我一整天都難過得想哭。我人在名古屋。

真想早點回東京。我已經受夠巡迴表演了，什麼也不想說，不想寫，生活就只是這樣一味地被人拖著走。

性慾的本質含意為何，我一概不懂，只知道它是怎樣的一種具體情形。真教人羞愧。就像狗一樣。

十二月二十七日　星期三

晴。名古屋的公演也結束了，今晚七點半抵達了東京車站。大阪、名古屋，睽違兩個月重回故里，東京已邁入臘月，我也有了改變。哥哥到東京車站來接我，我一看到哥哥，只覺得心頭慌亂，哥哥則是態度平靜以笑臉相迎。

我覺得自己已和哥哥分住兩個完全不同的世界。我是被太陽曬得黝黑、踏實過生活的人。我心中已無浪漫，是個一板一眼、一肚子壞水的現實主義者。我已不再是以前的我。

頭戴黑色費多拉帽、一襲西裝的少年，腋下夾著帶有香粉氣味的皮包，走在車站前的廣場上。這就是從十六歲那年春天起，受盡苦惱煎熬後，宛如就此誕生結晶般，展現出珍珠的晶亮姿態。那漫長的苦惱，最後結算出的，便是這渺小、透著寒意的姿態。擦身而過的人們，沒人發現我這兩年來煞費苦心的努力。連我自己都覺得，我竟然沒死，也沒發狂，一路咬牙撐了過來，真不簡單。但旁人可能會皺著眉頭說，原來那個敗家子最終跑去當演員了。藝術家的命運向來如此。

日後可有人會在我的墓碑上刻下這句話？

「他生前最愛為人帶來歡樂！」

這是我天生背負的宿命。之所以會選中演員這個職業，這也是原因之一。啊，我想成為日本第一，不，是世界第一的知名演員！然後讓所有人，尤其是窮人們，感受到沉醉的喜悅。

十二月二十九日　星期五

晴。春秋座的歲末總會，我當選企畫部委員，這是除了挑選劇本外，還負責審議劇團方針的幹部直屬委員。我感到自己的責任重大。

眾人決定，一月二日的廣播節目由市川菊松朗讀《童工之神》＊。我在那為期兩個月巡迴演出中的努力，似乎得到了認同，但我現在絕不能自鳴得意。

一心想擺出一副聰明相的人，往往成不了聰明人。（拉羅希福可）

我只是腳踏實地付出努力罷了，今後我將秉持單純與正直來行動。遇到不懂的事，就直接說不懂；辦不到的事，就直接說辦不到。若能屏棄矯揉造

＊志賀直哉的短篇小說。

作，人生似乎會變得意外的平坦。就在岩石上構築自己的小屋吧。

過年時，我想先到齋藤老師家向他拜年。我覺得，這次他可能願意見我了。

明年我就十八歲了。

未來人生路　閒適伴坦途
花開伴芳香　此念心頭無

——讚美歌第三百一十三

太宰治　年表

一九〇九（明治四十二）年

六月十九日，出生於青森縣津輕郡金木村。本名津島修治。

一九二三（大正十二）年　14歲

擔任貴族院議員的父親病逝。進入青森縣立青森中學校就讀，自遠親家通學。

一九二七（昭和二）年　18歲

四月，中學修業四學年畢，進入弘前高等學校文科就讀，自弘前市親戚家通學。九月，認識青森的藝伎紅子（小山初代）。

一九二九（昭和四）年　20歲

受共產主義思潮影響，苦惱於自己的地主階級出身。十二月，期末考前一晚企圖服安眠藥自殺未遂。

一九三〇（昭和五）年　21歲

四月，進入東京帝國大學法文科就讀，寄宿於東京本鄉。拜井伏鱒二為師。十月，接受與初代結婚遭津島家分家除籍的處分，初代暫時回鄉。十一月，與在銀座結識的女侍應生田邊淳美相約於鎌倉腰越町小動崎海岸，以藥物企圖自殺。女方死亡。

一九三一（昭和六）年　22歲

二月，與前年底低調舉辦婚禮的初代，於東京品川共組家庭。

一九三二（昭和七）年　23歲

七月，向青森縣警察署自首，脫離左翼活動。

一九三三（昭和八）年　24歲

二月，移居離井伏鱒二宅邸不遠的杉並區天沼。首次以太宰治的筆名於《東奧日報》發表短篇小說〈列車〉。

一九三四（昭和九）年　25歲

四月，於季刊《鷭》發表短篇小說〈葉〉。

一九三五（昭和十）年 26歲

三月，應考東京《都新聞》失敗，企圖於鎌倉自縊未遂。五月，於《日本浪漫派》發表短篇小說〈小丑之花〉。七月，移居船橋。八月，於《文藝》（二月號）發表的〈逆行〉入圍第一屆芥川獎。九月，遭大學開除學籍。

一九三六（昭和十一）年 27歲

六月，出版第一本小說《晚年》。八月，入圍第三屆芥川獎，後落選。十月，因前一年盲腸炎手術後對鎮痛劑注射上癮，進入江古田的東京武藏野醫院接受治療。

一九三七（昭和十二）年 28歲

三月，苦惱妻子初代於其住院期間出軌一事，兩人於谷川溫泉服用安眠藥自殺未遂。六月，與初代分手。

一九三八（昭和十三）年 29歲

九月，在井伏鱒二介紹下住進御坂峠的天下茶屋。十一月，與石原美知子相親結婚。

一九三九（昭和十四）年 30歲

一月，於井伏家與石原美知子舉辦結婚儀式，並在甲府市御崎町開啟新婚生活。二、三月，於《文體》發表短篇小說〈富嶽百景〉。九月，移居東京多摩郡三鷹村下連雀，一生定居此地。

一九四〇（昭和十五）年 31歲

五月，於《新潮》發表短篇小說〈跑吧！美樂斯〉。接連發表〈越級申訴〉、〈女人的決鬥〉等逸作，並以三鷹生活為創作素材，陸續發表〈鷗〉、〈追思善藏〉、〈乞食學生〉、〈蟋蟀〉等作。十二月，以小說《女生徒》獲第四屆北村透谷獎貳獎。

一九四一（昭和十六）年　32歲

一月，於《文學界》發表中篇小說〈東京八景〉。六月，長女園子誕生。九月，太田靜子偕友人初訪三鷹的太宰家。十一月，接受戰時「作家徵用」，後因胸疾免徵。出版《新哈姆雷特》。

一九四二（昭和十七）年　33歲

二月，以前年底太平洋戰爭爆發時、一名居住在三鷹的主婦日記為創作背景，寫下〈十二月八日〉發表於《婦人公論》。四月，短篇小說《風的訊息》出版。六月，出版短篇集《女性》。十月，初次在妻子與長女陪伴下返鄉探望母親，停留數日。十二月，母親病逝，獨自返鄉。

一九四三（昭和十八）年　34歲

一月，偕妻子返鄉參加亡母的法事。三月，停留甲府期間完稿、出版長篇歷史小說《右大臣實朝》。

一九四四（昭和十九）年　35歲

七月，前妻小山初代病逝於中國青島（32歲）。八月，長男正樹誕生。短篇集《佳日》出版，收錄於三鷹街道和井之頭公園等處登場的〈歸去來〉、〈黃村先生言行錄〉、〈花吹雪〉等作。十一月，隨筆集《津輕》出版。

一九四五（昭和二十）年 36歲

三月，妻子和兩個孩子至甲府的石原家疏開*。四月，住家因空襲損毀，自己也至妻子的老家石原家疏開。七月，石原家因轟炸全燬。迫於無奈，只得偕妻子回本家津輕疏開。敗戰後返鄉，隔年十一月離開本家。九月，以魯迅為題材的傳記式小說《惜別》出版。十月，改編自日本民間故事的《御伽草紙》出版。

一九四六（昭和二十一）年 37歲

一月，對戰後日本感到失望，臨時取消自前一年十月於《河北新報》開啟的〈潘朵拉之匣〉的連載。四月，於《文化展望》發表〈十五年間〉。六月，長篇小說《潘朵拉之匣》出版。十一月，結束疏開生活，偕妻子返回三鷹的家。十二月，創作的戲曲〈冬之花火〉受駐日盟軍總司令部勒令停止演出。

*指戰爭時因躲避空襲而疏散到鄉間。

一九四七（昭和二十二）年　38歲

一月，太田靜子來訪。二月，前往下曾我的大雄山莊拜訪靜子，向靜子借來日記。於弟子田中英光的疏開處、伊豆的三津濱，創作《斜陽》。三月，次女里子誕生。此時，於三鷹站前攤販認識山崎富榮。四月，在新租下的工作室繼續創作《斜陽》。六月，完稿並於《新潮》自七月連載至十月。七月，以第一個工作室為創作原型的〈朝〉於《新思潮》發表。並將小料理屋千草的二樓充作工作室使用。八月，胸疾惡化返家休養。九月，將位於千草斜對面山崎富榮租下的房間作為工作室。十一月，與太田靜子之女治子誕生。十二月，《斜陽》出版。

一九四八（昭和二十三）年　39歲

一月上旬，肺結核惡化，頻繁咳血。三月左右在富榮注射營養劑下繼續創作〈人間失格〉。同時，於《新潮》連載的〈如是我聞〉遭到志賀直哉強烈批判。五月，於《世界》發表〈櫻桃〉。六月起，〈人間失格〉於《展望》開始連載至八月。六月十三日深夜，在書桌留下遺稿〈Good-bye〉與數封遺書，與山崎富榮相偕於玉川上水投水自殺。十九日，兩人的遺體才被發現。二十一日，葬儀委員長豐島與志雄、副委員長井伏鱒二於太宰自宅舉辦告別式。七月，安葬於三鷹的禪林寺，法名為「文綵院大猷治通居士」。

一九四九（昭和二十四）年

六月，墓碑立於禪林寺中森鷗外墓地附近。十九日，生前好友今官一將追思太宰的集會命名為「櫻桃祭」，由禪林寺每年舉辦至今。

國家圖書館出版品預行編目(CIP)資料

正義與微笑：也許世界很煩但沒關係啊，太宰治經典青春小說/太宰治著；高詹燦譯. -- 初版. -- 新北市：木馬文化出版：遠足文化發行, 2020.08
272面；14.8 × 21公分

ISBN 978-986-359-807-7 (平裝). --

861.57　　109007784

正義與微笑：也許世界很煩但沒關係啊，太宰治經典青春小說
正義と微笑

作　　者　太宰治
譯　　者　高詹燦
社　　長　陳蕙慧
副 社 長　陳瀅如
總 編 輯　戴偉傑
特約主編　周小仙
行銷企畫　陳雅雯、尹子麟、洪啟軒
封面插畫、設計　朱疋
內頁排版　極翔企業有限公司
出　　版　木馬文化事業股份有限公司（讀書共和國出版集團）
發　　行　遠足文化事業股份有限公司
地　　址　231新北市新店區民權路108之4號8樓
電　　話　02-2218-1417　　傳　　真　02-2218-0727
Email　service@bookrep.com.tw
郵撥帳號　19588272 木馬文化事業股份有限公司
客服專線　0800221029
法律顧問　華洋法律事務所　蘇文生律師
印　　刷　前進彩藝有限公司
初　　版　2020年8月
初版三刷　2023年10月
定　　價　新臺幣350元
ISBN 978-986-359-807-7